afgeschreven

HET GRAF VAN DE VODDENRAPER

Bart Vercauteren

Het graf van de voddenraper

Mortsels requiem

Houtekiet
Antwerpen / Amsterdam

© Bart Vercauteren / Houtekiet /
Linkeroever Uitgevers nv 2010
Houtekiet, Katwilgweg 2, B-2050 Antwerpen
info@houtekiet.com
www.houtekiet.com

Omslag Marij Hereijgers
Foto omslag Valeti Casarsa
Foto auteur © Sara Engels
Zetwerk Intertext, Antwerpen

ISBN 978 90 8924 094 1
D 2010 4765 21
NUR 301

1 | De put

De voddenraper is dood. De voddenraper van Mortsel. Ik delf zijn graf. Maar zijn we daar niet lang geleden al mee begonnen? Op het moment waarop wij in Mortsel zelf nog onze wonden likten, kwam hij naar deze plek om nog maar eens opnieuw te beginnen. Zijn verleden was toen ook al zwaar om dragen, en hoewel hij het achter zich had willen laten, torste hij het zwijgend op zijn gebroken rug. Wij hebben op geen enkele manier zijn last verlicht of draaglijker gemaakt.

De geur van aarde, kiezel, verdord groen en nat gras vermengt zich met de frisse mufheid van mos op verregend arduin. Ik werk alleen met mijn schop. Geen enkele machine is geschikt voor de arbeid die ik te verrichten heb. Ik moet denken, lang en veel. Er is veel om over na te denken. Daarom heb ik mijn maten weggestuurd. Ik werk alleen, tegen alle regels in. Dit werk kan alleen ik doen. Ik wil spadesteek na spadesteek vorderen. Het schuren van metaal in korrelig zand helpt me in te zoomen op wat me bezig houdt.

Waarom heeft de komst van deze man iedereen hier in stilte zo geboeid? Waarom kon ik het niet laten om elke donderdagvoormiddag mijn pauze in het café door te brengen, aan het raam waar ik hem kon zien voorbijgaan? Hij en zijn twee jonge helpers. Vuilbak na vuilbak. Snuffelend naar koper, oud ijzer, papier en oude radio's.

De jongste van die twee, degene die treuzelde en met zijn kop in de grond liep, had vaag iets van ons Bertje. Zijn graf en dat van tweehonderd andere kinderen hebben we vijfenveertig jaar geleden gegraven: onze pa, de andere mannen en ik. Op vier dagen tijd, drijvend op verdwazing, kwaadheid en verdriet. Omdat het niet anders kon en omdat elke beweging beter was dan stil verdriet. Acuut verdriet moet je schudden en bewegen want het vreet je kapot als het in plassen valt.

Bertje was twee jaar, ik twintig. We zijn nog drie weken blijven graven, tot de laatste dode zijn graf gekregen had. Mijn pa niet meer. Na een dag kon hij het niet meer. Hij zou naderhand geen graven meer delven. Sinds die dag heb ik het in zijn plaats gedaan, en ik ben het blijven doen.

Het is begonnen met de graven van 1943. Na deze week zal het voorbij zijn. Mijn werk zal wel door anderen worden gedaan, maar niemand zal me opvolgen. Niemand met een goede reden. Het graf van de voddenraper moet mijn laatste worden. Het is er misschien al één te veel. Alle collega's weten het. Als graven weer een ziel krijgen, en als hun ziel de jouwe raakt, dan is het tijd om ermee op te houden.

Ik ben moe, ik moet rusten, ik moet te weten komen waar ik vanaf hier moet gaan. Maar daarvoor moet ik ook weten waar ik sta. Mijn hoofd is zwaar en daarom wil ik dat het gewicht op mijn schop nog zwaarder wordt. Hoe meer mijn lichaam tilt, hoe soepeler mijn ziel. Er moet nog één keer zwaar getild worden. Zweet maakt mijn lichaam nu al klam. Er is geen weg terug, ik moet doorgaan. Als het nat onder mijn kleren verkilt, word ik ziek.

Ik verhaast mijn routine: de spade planten, ze in de aarde stampen, loswrikken, optillen het zand naar de berg lanceren, de spade planten, stampen, tillen, gooien.

De berg groeit, de put zakt, mijn hoofd loopt leeg.

2

Bertje zou onze Albert geworden zijn. Zevenenveertig zou hij zijn, vandaag. Ik zal hem nooit zo voor mijn geestesoog krijgen. Alleen de jongste van de voddenraper heeft me een beeld gegund van Bert zoals hij nooit zal worden.

* * *

Bertje speelde altijd in de tuin op mooie dagen. Zo ook die dag dat de klok op het gemeentehuis voor altijd stil zou staan. Ik had een kuiken uit de ren gehaald voor hem. Hij liep het al uren na en het beestje had al met ontelbare spurtjes getracht hem af te schudden. Het begon me te vervelen en ik had net gedreigd het diertje terug te zetten. Ik was te moe en te loom om meer te doen dan dreigen. 's Nachts bakte ik brood voor de bakker van Mortsel. De slaap daarna was vaak licht en onrustig, zeker sinds de komst van Bert. Zijn moeder was ziek en verdroeg de oorlog niet. Ze bracht haar dagen door bij familie op de buiten om er niet zenuwziek van te worden. Mijn zus paste 's nachts op Bertje, maar vertrok om te gaan schoonmaken zodra ik thuiskwam van het bakken. Ze werkte al in die ellendige fabriek.

Het was pas maandag, de eerste lange dag. April was belofte vol begonnen. De lente was met enthousiasme ingezet. Het had de mensen moed gegeven. De oorlog kon ons niet beletten om brood te bakken, fluitend over straat te sloffen, bloemen te planten, naar 't fabriek te gaan en familie te bezoeken. En van die stomme rantsoenzegels trokken we ons nog weinig aan. We haalden ze, gebruikten ze en trokken verder ons plan met wat we hadden. De zomer zou ons rantsoen en het oudbakken zwarte brood van de baas nu gauw weer gul aanvullen met groenten uit de tuin, soep van de brandnetels aan 't voetbalveld en zelfs wat jonge kiekens.

De kinderen turnden en joelden op de speelplaats, een juf mocht met haar klasje gaan wandelen in het bos van de Baron.

* * *

Ik plant de spade extra nijdig in de grond bij de gedachte aan wat toen volgde. Ik heb me er nooit bij neergelegd. Ik heb me zelfs nooit toegelaten het helemaal te vatten. Tot mijn zwakte kort geleden mijn weerstand brak. Toen kwam er redeloos verzet. Nieuw en bevrijdend, maar angstwekkend hevig, telkens ik de beelden zag die me al vijfenveertig jaar vergezellen.

* * *

De middag was gevorderd en ik was in mijn poging om de krant te lezen blijven steken op het eerste blad. Na elke zin vielen mijn ogen dicht en werd mijn ademhaling lang en traag. Ik was onderuitgezakt in de fauteuil en had me al een uur lang afgevraagd of ik aardappels zou koken bij het stuk spek dat klaarlag voor het avondeten. Toen ging het luchtalarm af. Of was er eerst het gerommel van de vliegtuigen? De lucht zag zwart van de vliegtuigen, Engelse en Amerikaanse, de oorlogskansen keerden. Ze hadden mooie namen: vliegende forten en liberators. Dat stond niet in de krant, maar we kwamen al lang op andere manieren aan nieuws. Waarschijnlijk zouden ze doorvliegen naar het Oosten, niets om ongerust over te zijn, dacht ik. Ze brachten eerst enkel verwondering en hoop. Een paar seconden later besefte ik hoe stom dat was, toen ze hun ijzeren tranen losten. Enorme knallen, de een na de andere. Toen ik in de lichtflitsen die volgden zag dat het half vier was, was het al te laat.

Ik liep de tuin in. Alleen het kuiken rende nog, eindelijk ontsnapt aan Bertje, die met een opgetrokken beentje op zijn rug lag. Hij staarde verwonderd en met open mondje naar de felverlichte hemel die vol geel stof en puin zat. In plaats van zijn linkerslaap zag ik een rood, rafelig gat. Het bloed vloeide er niet eens meer krachtig uit. De schrapnel die hem gedood had was volledig in zijn hoofd verdwenen.

Ik doolde met mijn kind in mijn armen door de straat. Hoe dichter bij het plein, hoe meer huizen er in geraamten herschapen waren. Knetterende branden links en rechts. Ik schopte tegen benen en armen zonder lichaam, met kousen, schoenen en ringen, ik stapte over lijken als waren het afgewaaide takken en ontwortelde bomen.

'Pas op, 't is nog niet gedaan,' riep iemand van de burgerwacht, en duwde mij het portiek van het postkantoor binnen. Een tweede zwerm vliegers loste wenend zijn vracht, eerst dicht en daverend, dan verder, dan in het verre Lier. Het regende nog even stof en gruis, toen was het gedaan. Een stilte zoals toen heb ik nooit meer gehoord. Even was elk geluid verbrijzeld. Daarna klonk alles hol. Ik dwaalde opnieuw, tussen huilende, bloedende, helpende, vluchtende, stelende, stervende en dode mensen. Steeds meer. Ze kwamen van alle kanten uit ruïnes en puinhopen gekropen, als mieren uit hun vertrappelde nest. Vaders droegen verslagen hun zonen en dochters, zussen en moeders zochten broertjes en vonden weer andere vaders, moeders en zussen. Anderen wilden de dood niet erkennen in de flarden mens die ze op deuren en ladders of in kruiwagens in veiligheid trachtten te brengen. Vruchteloze kreten stierven genadeloos weg. Niets hing nog samen en ook alles wat ik zag en hoorde, alles wat ik voelde en rook, leek aan flarden gerukt.

Ik ben de brokken sindsdien blijven samenrapen. De kreten en de brandende tram, de verkoolde lijken en het wrak van de bus, de weggeblazen fiets en de bloedende jongen zonder benen, de wezenloze blikken en de doden die staande stierven, de versluierde zon, het stof, het geel en het grijs, de geur van steengruis en rook, de hitte en het vuur, het spuitende water en de kapotte leiding, het huilen, het roepen, de verlamming, de onmogelijkheid om te reageren, de reddeloosheid, de waanzin, de nachtmerrie die er helaas geen was. Ik moet het gezien, geroken en gevoeld hebben, maar ik bleef lopen, helemaal tot in Berchem, tot aan het huis van mijn ouders.

3

Mijn vader was niet thuis. Op het moment dat de dood genadeloos en wild om zich heen sloeg en slechts redeloze willekeur kende, groef hij een graf voor iemand die net op tijd vreedzaam de ogen had gesloten.

Mijn moeder en mijn zus waren me tegemoet gelopen. 'Jongen, toch, ge zijt er, goddank, ge zijt er.' Toen ze mijn handen in de hunne wilden drukken om van het spook dat ik was weer een mens van vlees en bloed te maken, zagen ze Bertje. Mijn zus zweeg en verstijfde, mijn moeder nam haar kleinzoon liefdevol en zacht van me over. 'Bertje, maar Bertje toch. Nee, nee, blijven! Ge gaat blijven zeg ik u!' Ze bleef tegen hem praten terwijl ze hem in een razende furie waste, induffelde en op het bedje legde waarin ik groot geworden was. Het gaf me een laatste keer de illusie dat ik een vader was.

Mijn kleine zus weende. Maar niet zoals vroeger, niet zoals toen we haar pop verstopt hadden. Ze weende, lelijk en ongeremd, krijste haar stem stuk, krabde haar wangen open en viel hard op haar knieën. Ik liet het gebeuren, wat moest ik anders? Ik leunde tegen de keukendeur, liet me glijden tot ik op de grond zat en verborg mijn hoofd tussen mijn armen en mijn knieën. Wenen kon ik niet, maar mijn overprikkelde ogen traanden. Ik proefde het stof en het vuil dat over mijn lippen stroomde en ademde gruis.

Zo heeft mijn vader me gevonden toen hij thuiskwam. Hij was dezelfde weg gegaan: van Mortsel naar Berchem, door dezelfde hel. Hij wist genoeg. 'Wie is 't, René, hoeveel, waar, hoe is 't gebeurd?'

We moeten die avond gegeten hebben. Ik heb altijd heel precies onthouden wat het was: zwart brood, koffie van gebrande eikels, restjes smout en perencompote. Bertje lag proper in schone lakens.

Ik ken nog alle verhalen van die avond en ik weet nog wie ze verteld heeft. Onze ogen zien sinds die dag een film die eeuwig over de werkelijkheid heen geprojecteerd wordt. Eeuwig herhaald, verknipt en met steeds andere details. Het was niet echt vertellen, het waren geen echte verhalen. We waren getuigen van elkaars ijlen.

Een Duitse dokter had stervenden bijgestaan aan de brug en wonden verbonden, terwijl hij het schelden had verdragen.

'Es sind die Engländer.'

'Waart ge thuis gebleven, dan hadden ze hier niet moeten komen.'

Mijn pa had hem een man met opengereten buik gebracht, terwijl hij de ingewanden op hun plaats trachtte te houden.

De gevel van de school was een groot gat. Aan de kapstokken op de verdieping hingen de schorten en de jasjes boven

een afgrond te wapperen. Op straat stond een jongetje te wenen. Het wilde niet naar huis gebracht worden door mijn zus,
niet zonder zijn broer en zijn nieuwe schoenen.

Mijn moeder bleef maar herhalen hoe schoon Bertje was.
En ik bleef maar zwijgen. Ik was begonnen aan die eindeloze
puzzel die verdriet, afkeer en schaamte deed uitmonden in
diepe leegte: het enige waar ik de volgende vijfenveertig jaar
mee zou kunnen leven.

4

Ze zijn ons Bertje komen halen. In een haastig getimmerd
kistje hebben ze hem afgevoerd, op de open laadbak van een
vrachtwagen.

De mooie lente zou nog dagenlang schuilgaan achter grijs
en geel stof. Ik herinner me ook een geur, de indringende geur
van stof en verrotting. Ik zie me achter nog een vrachtwagen
lopen: die van de biersteker, met maar vier kistjes erop. Ik zie
een pastoor met zijn kwispel, een lange straat, het kerkhof. Ik
hoor zand op hout vallen, snikken, prevelen, bidden en pre-
ken.

Mijn vrouw zie ik niet. Die zal nooit meer gewoon thuis
zijn in ons huis. Nadat alle slachtoffers begraven zijn zoek ik
een nieuw huis om in haar buurt te kunnen blijven, in de buurt
van het zothuis.

De vrouw met wie ik ooit trouwde en die de moeder van
Bertje was geweest, zweeg over ons zoontje tot ze jaren later
vluchtte uit het tehuis voor zenuwzieken om naar de sporen
te gaan. Ik liet Bertjes naam op mijn tocht door die eerste jaren geregeld vallen, als kiezels om de weg naar hem niet te
verliezen. Het had geen enkele zin.

De vrouw die ik wilde herinneren aan wie ze was, lachte dwaas, weende of werd hysterisch. Ik delfde graven, begroef en herbegroef.

Een mens moet soms wel vergeten om te kunnen leven, wie nog ergens heen wil moet ook kunnen weggaan. Ik kon dat niet. Ik kon niet gaan en ik kon niet blijven. Ik dwaalde alleen maar verder af, plichtsbewust. De toenemende vaagheid verankerd in steeds dezelfde beelden.

⋆ ⋆ ⋆

De voddenraper was de eerste mens die me opnieuw vastgreep en de weg wees naar het leven, of naar iets wat mijn leven had kunnen zijn. De voddenraper en zijn jongste zoon. Pas toen ik hen zag, wilde ik weer weten waar ik was en wie ik was. Ik wilde weer ergens heen, het was lang geleden. Ik was weer nieuwsgierig, ik hoopte en ik vreesde dingen. Ik gaf mezelf een rol in het verhaal waarin ik leefde. Ik heb de voddenraper en zijn zoon in gedachten ontelbare vragen gesteld en ik heb geworsteld met de antwoorden. In het café heb ik het voor hem opgenomen, maar ik heb ook de moed gezocht om hem terecht te wijzen: 'Dat doe je die jongen toch niet aan!'

Ik heb de voddenraper willen helpen en ernaar verlangd zijn vriend te zijn. Ik wilde dat hij me zag en dat hij zou weten wie ik was.

'Dag grafdelver, dag René.'

Hij hield het bij knikken, ik bij flauwe opmerkingen over het weer en de vuilbakkenoogst van de dag. En toch bestond mijn leven niet enkel meer uit overuren, zoals het vijfenveertig jaar lang geweest was. Maar dat gebeurde pas heel laat. Vlak voor zijn dood en kort voor mijn pensioen.

5

Ik sta al tot aan mijn heupen in het graf van de voddenraper.
Ik ben nog lang niet moe genoeg, al breekt mijn rug haast als
ik me strek. Ik plant mijn schop in de berg zand op het dek-
zeil, naast de put, en kruip op knieën en ellebogen uit mijn
laatste graf om een tweede zeil te halen. Twee gangen verder,
op het middenplein van dit kleine Campo Santo, staat een zuil
met namen. Daar heb ik Albert tussen de andere namen gezet, als een grote mens. Ze zijn er allemaal even volwassen,
even kinderlijk, even groot en even klein. Kijk, jongen, je bent
al een echt meneertje. Een naam in bladgoud die al aan retou-
che toe is.

In ons muffe kot pak ik het klamme doek. Ik krijg het hier
koud, mijn zweet koelt af, dus ren ik terug naar mijn put.

Er staat een jonge man respectvol naar de leegte in de kuil
te turen. Naast een bordje met het nummer van de ligplaats
die ik in gereedheid breng.

'Nummer 245368, is dat Omer?' vraagt hij.

'Wie is Omer?'

'Omer is niet meer, hij was,' antwoordt de man, die zijn
hoofd heeft opgetild en me aankijkt.

'Wie was Omer?' dring ik ongeduldig aan. Ik wil verder
doen. Ik heb nog een lange weg te gaan in daden en gedachten.

'Omer was mijn vader,' zegt de jongen. Want het is plots
geen man meer, maar de zoon van de voddenraper.

'Jij?' is alles wat ik nog kan zeggen. De jongste van de voddenraper, ons Bertje hergeboren, begrijpt het niet. Hoe zou
het ook kunnen. Hij liep met zijn hoofd gebogen telkens hij
mij passeerde voor het raam van mijn café. Hij heeft me nooit

gekend, niet als grafdelver, en dus zeker niet als René. Alleen bij de kruidenier was hij altijd vriendelijk en beleefd. Daar was hij anders, daar was hij een van ons.

'Kent u mij? Kende u mijn vader?'

'Kennen? Ik denk wel dat ik weet wie je vader was, en dat hij hier begraven wordt.'

'Iedereen kende mijn vader. Mij kennen ze ten hoogste als zijn zoon. In Mortsel ben ik gewoon de zoon van...'

'... de voddenraper,' vul ik aan.

De jongen slikt en kijkt opzij, maar het is duidelijk dat hij plots niets meer ziet.

Er zijn nu eenmaal woorden die een mens alleen verdraagt als hij ze zelf mag uitspreken. Dat had ik moeten weten.

'Het spijt me. Zo kende ik je vader.'

'Natuurlijk,' zegt de jongen, en ik hoor cynische berusting. Iedereen kende hem zo, daar kan hij niets meer aan veranderen.

'Elke donderdagmorgen drink ik een koffie in café Den Beer, en dan zag ik jullie passeren.' Ik heb daar veel gezien, meer dan zomaar een voddenraper en zijn zonen.

'Ja?'

Twee letters, verbazing en gespeelde interesse, waarachter hij zijn pijn verbergt. Hij weet wat ik gezien heb. Hij heeft ook het papier en het ijzer uit de vuilbakken van zijn vrienden moeten halen, en uit die van de meester en zijn buren. Uit die van mij.

Weer mijdt zijn blik de mijne.

Ik heb zoveel meer gezien dan dat. Zijn vader was veel meer dan een doodgewone voddenman. Ik wil zo graag dat hij dat weet, maar ik vind enkel woorden die het nog erger kunnen maken.

'Hij was een bijzonder man, hij heeft zijn best gedaan.'

Ik weet wat iedereen in Mortsel weet. Iedereen kende hem. Alleen zag ik hem met andere ogen. Hij was voor mij een man die vocht met de middelen die hij had. Hij heeft de schaamte van zijn zonen niet verdiend.

Ik zwijg, want hij heeft alles door, en ik vrees de vraag die hij er nog aan toe zal voegen:

'Had u willen wisselen?'

'Neen, eerlijk gezegd niet,' antwoord ik naar waarheid. 'En toch,' voeg ik er even oprecht aan toe, 'toch heeft hij nooit opgegeven. Geloof me, dat is niet gewoon.'

Hij wilde bouwen en vooruit komen. Voor zichzelf en voor wie hem lief was.

'U hebt toch ook uw brood verdiend?' spot de jongen ongelovig.

Ik heb me laten drijven op de golven van het leven, maar hoe kan hij dat weten? Ik ben de liefde en het leven niet meer aangegaan. Mij zijn al lang alleen nog lijken lief. Naar anderen heb ik niet meer gezocht. Ik heb opgegeven, ik wel. En dat kan hij niet weten.

'Ik heb alleen mezelf om voor te zorgen.'

'En daar hebt u nu spijt van?' De jongen is echt een Bertje. Anderen krijg ik het nooit uitgelegd, zelfs niet met duizend goed gekozen woorden.

'Ik ben niet altijd alleen geweest.'

'Maar u bent nooit hertrouwd. Mijn vader wel. Hij heeft daar bij momenten ook spijt van gehad.'

Hij heeft voldoende aan de zinnen die ik wankel prevel. Hij begrijpt me als mijn zoon.

'Hij ook? Is hij alles kwijtgeraakt?'

'Ja, mijnheer, hij is ooit ook alles kwijt geweest.'

'Maar...'

'Er is een lange maar.'

'Wil je die vertellen?' vraag ik. Ik ben nat, het wordt donker, ik heb het koud.

'Ik weet het niet.'

De jongen weet het echt niet. Zijn ogen liegen niet. Hij heeft, net als ik, nog veel werk voor hij het weten kan. Maar ik hoop vurig.

'Het is geen schande dat je vader voddenraper is geworden.'

'Hij was toch beter grafdelver geweest, mijnheer.'

Zijn antwoord grijpt me naar de keel.

'Ik begrijp je,' zeg ik. Het is niet gelogen. Ook hij hoeft me niets uit te leggen.

Hij kijkt opnieuw naar niets, ditmaal in de put.

'Morgen graaf ik verder,' zeg ik, 'morgen wordt een mooie dag om te graven en te praten.'

'Misschien,' zegt hij terwijl hij zijn sjaal omslaat en begint te lopen, 'misschien zal het nog mooi genoeg zijn om te praten als alle doodsbrieven op de post zijn. In de namiddag, om half vier.'

'Half vier,' zeg ik, 'dan zal het nog mooi genoeg zijn om te praten. Hier of in Den Beer.'

6

Ik graaf opnieuw. Mijn biceps snijdt nu bij elke schop aarde die ik uit de kuil moet tillen. Goed zo. Mijn ellebogen zitten al onder de warme aardrand. Blijven graven, pa van Bertje, dit is je belangrijkste graven sinds vijfenveertig jaar. De zandlaag gaat over in klei. De spade zakt moeizamer en wroet slechts mespuntjes tegelijk weg. Zulke schepjes haalde Bertje ook uit zijn zandbak.

De zandbak voor de voddenraper put me uit. Tijd voor een pauze. Ik heb een laddertje nodig om nog uit dit graf te raken. Alles doet te veel pijn, alles kost nu te veel moeite. Zitten kan ik ook niet meer. Zelfs de beslissing om weer overeind te komen zou wel eens te moeilijk kunnen zijn. Ik verlang nu al te veel naar rust. Ik zou me willen nestelen en de eeuwige elementen koesteren. Voor het eerst in vijfenveertig jaar. Ik loop naar de achteruitgang van dit kerkhof. De plek die ooit ongewijde grond was. Hier vind ik mijn Johanna.

'Ik heb met onze zoon gepraat, Joke. Ons Bertje. Hij zal me helpen graven en begrijpen. Misschien is er eindelijk een weg terug. Terug naar waar onze wegen scheidden. Waar jij de weg van het absurde verdriet koos, en ik die van het dolen. Misschien is daar voorbij nog leven. Vind je dat goed, Johanna?'

Natuurlijk vindt ze het goed. Dat had ik al uitgemaakt voor ze de kans kreeg toe te stemmen. En toch is haar permissie nodig. Ik hou nog van mijn Joke. Dat heb ik altijd gedaan, ook toen ik ze kwijtgeraakt was op den buiten.

'Dag Joke. Ik moet je hier nu echt laten gaan. Ik denk dat ik geleerd heb om je niet meer te zoeken. Ik heb geleerd wat achterlaten is en dat het nodig is, want eindelijk is het tijd om weer eens verder te gaan.'

Ik daal opnieuw af tot op de kleilaag. Ik schraap en wrik me verder en dieper in het graf van Omer, de voddenraper.

'Grafdelver,' zo heeft de jongste van de voddenraper me genoemd. Beter grafdelver dan voddenraper, zei hij. Dat ben ik ook. Tenminste dat ben ik geworden op die dag in april van drieënveertig. Ik moest wel graven, veel te veel en veel te vroeg. Sindsdien ben ik er nooit meer mee opgehouden. Die jongen kent mijn ware aard.

'Ooit is hij alles kwijt geweest, maar er is een lange maar.'

'Ooit,' denk ik, en plant mijn spade.

'Alles kwijt,' denk ik terwijl ik stamp.

'Een maar,' begeleidt mijn wrikken.

'Een lange maar,' helpt het zand te gooien.

Zo gaat het heel de ochtend lang. Spadesteek na spade-steek. Mijn gedachten zitten vast aan deze ene zin. De zin hangt vast aan wat ik doe.

Tot mijn schouders de graszoden aan de rand van de kuil raken, telkens als ik wankel van vermoeidheid. Dan kruip ik op mijn ladder om mijn etenstas en mijn thermosfles te halen. Het is tijd om een tentje over de kuil heen te zetten. Eten doe ik in het warme graf van Omer. Mijn brood smaakt naar zijn aarde. Ik weet zeker dat het mag. Een vriend, zelfs onge-weten, heeft geen bezwaar tegen zulke dingen.

Ik denk niet meer. Ik wacht op zijn jongste.

In de namiddag wil de klei slechts moeizaam overgaan in zavel. Verzadigde zavel. Dit is een oud kerkhof. Hier ruikt het echt naar de onderwereld. Bertje ligt in deze laag. In 1943 heb-ben we hem, samen met tweehonderd vriendjes en zevenhon-derd grote mensen in deze laag gelegd. Albert, jongen, je bent me lang niet meer zo na geweest. Maar de voddenraper was een grote mens: daarop moet een zandkolom van vijftien de-cimeter komen. We zijn er niet, we naderen.

Ik ben nog nooit zo beroerd geweest bij het aanboren van deze magische mantel. Honderden, duizenden keren ben ik erin doorgedrongen. Maar deze keer zink ik, moe en in vol-komen overgave, op mijn knieën om te ruiken aan wat ons maakt en tot wat wij wederkeren: stof en as. Het is de eerste keer dat ik dat doe.

'Bertje, je papa is hier. Ik denk dat ik er echt ben, nu mijn laatste graf gegraven is.'

7

'Mijnheer?'

Ik word opnieuw geroepen.

'Bertje?'

'Gert.'

'Heet je zo?'

'Ik ben Gert, mijnheer. Ik was hier gisteren. De brieven zijn gepost. Mijn vader wordt hier overmorgen begraven.'

Een straal brutaal zonlicht verblindt mij als Gert, de jongste van Omer, het zeil van mijn tentje openhoudt. Ik bestijg node een laatste keer de ladder.

'U zult hem begraven.'

Ik sta naast hem en veeg uitgebreid mijn handen aan mijn overall voor ik hem een hand geef.

'Ik weet het wel,' zeg ik. 'Ben je gekomen om met mij te praten?'

'Ik kan proberen,' antwoordt hij. 'Wat zou u willen weten?'

Alles, denk ik, ik zou alles van hem en zijn vader willen weten. Sinds de allereerste keer. Maar dat kan ik toch niet zeggen.

'Ik zou een beetje over je vader willen weten. Zeker na wat je gisteren gezegd hebt.'

'Wat heb ik dan gezegd?'

'Ooit is hij alles kwijtgeraakt, zei je.'

'Ja, maar daar weet ik niet zoveel van. Ik was nog niet geboren.'

'Je kent toch de verhalen?'

'Welke verhalen?'

'De zijne,' probeer ik nog, en omdat hij enkel zucht vraag ik of zijn vader dan nooit iets vertelde.

'Toen ik er was in elk geval niet meer. Alles wat ik weet heb ik van horen zeggen.'

De stilte is een krachtmeting die ik mij voorneem om te winnen.

'Mijn vader sprak alleen over wat nog voor hem lag en over wat hij wilde. Hij klaagde ook over alles wat niet lukte en de moeite die hij had, maar nooit over zijn verleden.'

'En zijn grote verlies?'

'Dat moest ik raden als hij toevallig foto's onder ogen kreeg. Of als hij op het kerkhof naast mij stond te zwijgen. Hij zei er nooit iets over en wij vroegen niets. Alleen mijn moeder praatte dan.'

Even denk ik dat de jongen overloopt vanbinnen. Dan breekt de stroom van woorden af en hij herinnert zich de rest in stilte. Ik hoop dat hij de dunne lijn tussen gedachte en verhaal weer oversteekt.

'Je moeder heeft het allemaal dus wel verteld?'

'Verteld? Ze kon de stilte niet verdragen, en dan zei ze dingen waar ik niets aan had, en die niemand wilde horen. "Hier ligt je moeke," zei ze tegen mijn broer. "En straks gaan we naar je broertje." Mijn vader was geduldig. Misschien hoorde hij haar niet. Hij liet haar praten. Tot hij een kruis sloeg en zich omdraaide. "Allez, vooruit," zei hij, niets meer.'

Het is zijn halfbroer, denk ik, maar ik besef gelukkig net op tijd dat enkel hij hem zo mag noemen.

Twee gangen verder klopt een man het zand van zijn knieën. Hij trekt zijn jas aan, en ik kijk hem na terwijl hij traag naar de uitgang slentert met zijn gieter en zijn hark.

'Hoe heeft je vader het gedaan?' vraag ik. 'Hoe is hij weer vader geworden? En voddenraper? Hoe is hij eraan begonnen?'

'Hoe? Het is hem overkomen. Het gebeurde en hij liet het gebeuren. En als hij toch iets te beslissen had, kwam hij gewoon met zijn besluiten. Dat was zo met dat voddenrapen. Heel eenvoudig, en zonder rond de pot te draaien: "Wij gaan oud ijzer en papier ophalen."'

'Dat was dan duidelijk.'

'Onuitstaanbaar duidelijk. Hij hield met niets of niemand rekening.'

Ik speur de graven en de paden af, op zoek naar iets of iemand om mijn rusteloze blik te laten rusten.

'Waarom? Dat is de vraag waarop ik geen antwoord vind. Waarom heeft hij ons dat aangedaan?'

Ik knik en laat de stilte spreken. Mijn begrip geldt niet voor Gert, maar voor zijn vader. Ik weet maar al te goed hoe stug verlies een mens kan maken. De angst om weer eens te verliezen, overschaduwt elk verlangen. Schoonheid verliest zijn glans en houden van wordt pijnlijk. En dat wordt alleen maar erger als er weer iets te verliezen is. Verliezen is eenvoudig. Iedereen kan het. Herbeginnen niet.

Ik leg mijn hand even op zijn bovenarm en hij volgt me naar het pad. Ik neem hem mee naar de naam van Bertje op zijn zuil.

'Dat was mijn zoon,' zeg ik, 'hij heeft nooit meer een broer of zus gekregen.'

Ik neem hem mee naar Johanna: 'Wie de dood verkiest mag niet in gewijde grond. Zelfs niet als het leven al je zinnen dolgedraaid heeft tot er niet meer te kiezen valt.'

'Waarom toont u dit?' vraagt Gert.

'Zo ziet verlies eruit,' zeg ik, 'dat is alles wat ik je kan tonen.'

Vraag alsjeblief niet meer waarom, denk ik, daar word je alleen maar boos of gek van.

'Wat weet u van verlies?'

'Nog altijd even weinig. Ik ben er alleen maar dwazer van

geworden. Maar het heeft je vader niet belet om voort te doen. Op zijn manier.'

Ik probeer al lang niet meer te leven. Dat is veilig en eenvoudig. En nog minder wil ik het begrijpen.

'Hoe is het dan met u verder gegaan?'

'Ik ben grafdelver geworden, en dat ben ik nog. Niets meer, alleen graven delven. Ik ben gewoon tussen de brokken blijven leven. Ik heb ze nooit meer samengeraapt. Ik ben nooit herbegonnen. Ik zou niet weten hoe dat moet. Vertel mij hoe je vader het gedaan heeft.'

8

Ik vraag niets meer, Gert zegt niets. Maar hij volgt me als mijn schaduw op mijn weg terug naar het graf van zijn vader. Ik blijf staan, de beslissing om af te dalen onder het tentje kan ik niet meer nemen. Mijn schop ligt loodzwaar aan mijn voeten. De wind op mijn natte huid doet me rillen.

'Ik stop ermee,' zeg ik.

'De wanden brokkelen af,' zegt de jongen.

Hij is aan de rand van de put blijven staan. Te dicht, dat had ik niemand eerder ooit toegestaan. Hij moet een stap achteruit.

'Ik zet de stutten morgen wel,' zeg ik kortaf.

Ik dicht hem een verwijt toe en ik weet dat hij gelijk heeft. 'Zolang houdt het wel.'

Ik haal de tent weg. Gert helpt ongevraagd. We brengen samen alles naar het kot.

'Dank je. Een pintje in Den Beer?' stel ik voor.

'Ik ben er nog nooit binnen geweest.'

'Dat valt niet op als je bij mij bent.'

Het valt wel op. De gesprekken vallen stil en ik ga, zonder aan de toog te passeren, aan mijn tafel bij het raam zitten. Iedereen kijkt naar de jongste van de voddenraper. Iedereen kent hem, maar niemand heeft hem ooit al aangesproken. Dus doen ze het ook nu niet. Zeker nu niet.

'René,' zegt de postbode terwijl hij zijn pint naar me opheft.

'Jean,' antwoord ik.

Martine komt de bestelling opnemen. 'Wat drinkt ge, René? Een bolleke?'

Ze schrijft, ik kijk naar Gert. Zij volgt mijn blik nu het niet meer anders kan.

'En voor de jonge heer?'

'Ja, Martine, geef ook iets voor zijn jonge heer,' zegt Jean. Hij buldert om zijn eigen mop, de anderen doen mee. Hun gesprek hervat in volle hevigheid. Ze zijn de tafel aan het raam alweer vergeten. Martine tapt twee 'bollekes' amberkleurig bier. Ze heeft geleerd te raden wat klanten niet zeggen. Dat is meestal het beste, dat weet ze. Zolang er geen protest komt toch, en dat is zelden het geval.

'Hier zit ik elke donderdag, als de vuilkar komt,' zeg ik om iets te zeggen en omdat ik zie waar de voddenraper nooit meer langs zal komen.

'Dan zitten er veel mensen,' zegt Gert na een tijdje, 'het is heel druk op straat, op donderdag.'

Martine kijkt naar haar dienblad, de tafel en de bollekes terwijl ze die voor ons op bierviltjes zet.

We drinken. De jongen zet zich recht en ademt zuchtend. Een aanloop. Hij wil wel praten, dat weet hij nu, maar even nog bedenkt hij zich. Hij slikt zijn woorden in. Ik bedenk de ene zinloze vraag na de andere. Keer op keer slik ik ze ook op mijn beurt in. Geduld is de enig denkbare aanmoediging. Ik neem nog een slok van mijn bolleke, en kijk door het raam alsof ik geboeid getuige ben van het niets dat zich in de wazige verte afspeelt. Hij volgt mijn voorbeeld zonder zich te verbazen over de zinloze leegte van de onverschillige straat die onze blik gevangen houdt. We weten allebei dat we in dit decor herinneringen en beelden trachten te ordenen tot een zinnig verhaal. Ik bestel ongevraagd en gedachteloos een tweede bolleke, ook voor hem. Het tikken van de lege glazen haalt ons terug en maakt een einde aan onze zwerftocht in gedachten. Gert kijkt naar de schuimkraag van het verse glas. Dan, voor het eerst, kijkt hij mij frontaal in de ogen.

'Dank u,' zegt hij. Ik zie dat hij nog op de terugweg is van wat hem bezig heeft gehouden.

'Gezondheid, Gert,' antwoord ik. Ik mag zijn blik nu niet meer lossen.

'Gezondheid,...'

'René. Ik heet René.'

'Gezondheid, René.'

9

'Ik weet niet hoe mijn vader het gedaan heeft, René. Maar ik wil wel vertellen wat ik weet. Mijn vader had een winkel in Temse. Dat is aan de andere kant van 't water. Hij kwam hier alleen voor de vroegmarkt. Mijn moeder werkte hier, op een bureau. Op een keer liep ze mijn vader en zijn groentekar omver in haar haast om de tram te halen. Hij sakkerde en jammerde. Ze heeft hem geholpen. Ze is hem de week erna en alle volgende weken blijven opzoeken en helpen. Ze ging zelfs mee met hem om alles uit te stallen en te helpen in de winkel. Ten slotte zijn ze maar getrouwd, omdat de mensen anders zouden praten.

De huizen waren hier na de oorlog heel goedkoop. Ze zaten onder de scheuren en de barsten. De vader van mijn vader stierf. Zijn erfenis was net genoeg om hier een huis te kopen. De eigenaar wilde het dringend kwijt. Waarschijnlijk was het net te goed om af te breken. Daarom zijn mijn ouders hier komen wonen. Ziet u, het gebeurde, en hij liet het gebeuren. Hij heeft de brokken ook niet samengeraapt. Dat heeft het lot voor hem gedaan. De brokken vielen gewoon zo voor hem in de plooi. En pas als dat niet meer zo was, kwam hij met zijn besluiten.

Dat was later. Toen was hij heel kwaad. Hij had hier in Mortsel ook een winkel, maar geen klanten. Zijn winkel ging failliet en hij voelde zich erin geluisd. Hij wilde terug naar Temse "Ik had hier nooit meer moeten herbeginnen," zei hij. Het was geen echt besluit, geen nieuwe start, maar verzet tegen wat hij ondanks alles toch weer was begonnen. Hij wilde ons huis verkopen, maar het zat nog steeds onder de barsten. Niemand wilde nog betalen wat hij ervoor gegeven had. Hij voelde zich bedrogen. "Dan breek ik het nog liever zelf af," zei hij. Ik had nooit gedacht hij het meende. Maar op een dag kwam ik van school en ik zag dat hij een stelling van oude balken voor het huis getimmerd had. "Ik bouw een nieuw huis," zei hij. En nog geen dag later lag de voorgevel al op straat. Hij meende alles wat hij zei, letterlijk, woord voor woord, zonder twijfelen en zonder overleg.

Vanaf dat moment woonden we in een half huis. Eerst in het oude achterhuis, daarna in het halve nieuwe huis dat hij er aan de voorkant tegenaan gebouwd had. Acht jaar heeft het geduurd. Zo lang is hij natuurlijk niet kwaad gebleven. Mijn moeder zei dat hij het uit liefde deed, en voor zijn kinderen. Ik denk dat hij dat echt is gaan geloven. En hij was niet alleen. In de catechismusles voelde ik het medelijden als er gezegd werd dat mijn vader heel moedig was en dat hij veel voor zijn kinderen over had. En nadat mijn moeder met de meester was gaan praten zei die ook zoiets, voor de hele klas. Wat moest er anders over gezegd worden: we leefden half op straat en heel Mortsel was er met ongeloof getuige van. Wie ons niet uitlachte of er schande over sprak, wist niet hoe te reageren. Mijn vader was een doordouwer, een wroeter, een held of een martelaar. Wij ook, noodgedwongen, samen met hem. Ik mocht het hem in elk geval niet kwalijk nemen. Maar denkt u dat ik niet voelde hoe ze naar ons gaapten? U was niet de enige die zich elke donderdag aan ons vergaapte als we de vuilbakken doorzochten. Dat soort bewondering kon me gestolen worden. Het was zijn keuze, niet de mijne. Ik wilde helemaal niet moedig zijn. Maar hij wist niet meer van ophouden. Als hij aan iets begonnen was, dan gaf hij nooit meer op.

Ze hadden hem verplicht om een plan te laten tekenen en een bouwvergunning aan te vragen, en zijn geld was op. Daarom is hij gaan voddenrapen. Wij leefden van de jobs en de uitkeringen die mijn moeder kon versieren. De bouw lag jaren stil. Toen we eindelijk alle papieren en het geld hadden dat nodig was om van onze bouwwerf weer een huis te maken, was de schaamte mijn tweede natuur geworden.

Hij is blijven voddenrapen, want het bracht veel op. En hij is in Mortsel gebleven. Toen ons huis bijna af was, zag hij dat zijn tweede leven hem had meegesleurd. Er was te veel gebeurd om nog terug te keren naar Temse. Hij wilde het ook niet meer. Hij wilde opnieuw niets meer. Hij is gewoon in zijn zetel gaan zitten. De laatste plinten heeft hij nog gekocht, maar hij heeft ze nooit meer tegen de muur gezet. Mijn moeder had een pensioen en het zijne was aangevraagd. Zolang zou hij het nog wel trekken met al het koper, het ijzer en het papier dat wij verzameld hadden.'

10

'Ik dacht dat hij ziek was,' zeg ik, omdat ik hem al maanden niet meer heb gezien.

'Hij was ziek. Ik heb hem nooit gezond gezien.'

Ik begrijp wat Gert bedoelt. Ik lijd zelf al vijfenveertig jaar aan mijn verleden. Ik heb dezelfde ziekte. Maar ik ben in de luwte gebleven. Op mij heeft het leven nooit meer vat gekregen. Ik heb de angst, de hoop en het verlangen weten te ontwijken. Maar ook de liefde kon me zo niet meer bereiken. Ik weet niet of ik blij kan zijn. Dat wil ik graag vertellen aan Gert. Zijn vader heeft het zo anders gedaan. Die is zoveel moediger geweest. Hij is pas op het eind teruggekeerd naar waar ik nooit ben uitgeraakt: de suffe willoosheid van een kapotgemaakte ziel. Ik bewonderde hem ook. Maar mijn bewondering hield ik voor mij, want ze was echt en ik had er geen reden of verklaring voor. Ik wil echt graag dat hij dat weet, dat heeft hij wel verdiend. Voor het eerst sinds lang wil ik weer iets, al vrees ik dat ik iets onmogelijks verlang. Mijn woorden vallen in de bitterheid van zijn herinneringen, waar mijn oprechtheid heel verdacht moet lijken.

'Wat zei de dokter?'

'Niets, we mochten hem eerst niet halen, en toen het niet meer anders kon zei hij dat het te laat was. Dat was drie dagen geleden. Mijn pa verloor zijn evenwicht, was plots verlamd en dan weer niet. Hij was in paniek toen de dokter de ambulance belde. Mijn moeder ging mee, maar ze stuurden haar naar huis nadat ze hem aan een infuus gelegd hadden. "Hij slaapt," zeiden ze toen ik later belde naar het ziekenhuis. "Morgen onderzoeken we hem grondig, nu heeft hij rust nodig."'

'Rust,' herhaal ik. Ik ben ervan overtuigd dat hij dat nodig had. Zoals ik er sinds lang van overtuigd ben dat ik het nodig heb. Dat het het enige is dat ik nog kan verdragen. Ik heb me vergist. Ik heb rust op overschot gehad. Ik had er de voddenraper misschien mee kunnen redden, in ruil voor het leven waaraan hij leed en waarmee hij mij had kunnen redden.

'Eeuwige rust,' zegt Gert, 'dat is wat hij gekregen heeft. Hij was dood toen ik hem de volgende dag wilde bezoeken. Een autopsie, meer hadden ze niet te bieden. Het hoefde niet.'

'Het spijt me,' is alles wat ik nog kan zeggen voor Gert zijn glas leegdrinkt.

'Ik weet niet of dat hoeft,' zegt hij, neemt zijn portefeuille en gaat naar de toog. Hij betaalt en draait zich naar mij om. Hij aarzelt. Dan bestelt hij opnieuw.

Ik voel me klein, zeker als hij weer naast me staat. Hij kijkt me vol aan terwijl hij onze pinten op tafel zet. Ik weet wat hij verwacht. Ook hij heeft recht op een verhaal.

'Weet je wat hier gebeurd is in drieënveertig?' vraag ik.

De vraag is niet stommer dan een andere en ik moet tenslotte ergens mee beginnen.

'Ik heb hier school gelopen,' antwoordt Gert, 'ik heb les gekregen van mensen die het overleefd hebben.'

'Natuurlijk. Iedereen in Mortsel groeit er een beetje mee op,' zeg ik.

Ik had dit niet moeten vragen, niet aan deze jongen. Natuurlijk weet hij het, hij heeft een ziel met oog en oor voor zulke dingen. Nu nog wel, maar dat blijft niet zo. Het vergeten is ook bij hem begonnen, en zal snel groter worden. Herinnering neemt te veel plaats in en, waar het verwerken begint, moet het plaats ruimen. Wie veel in de archieven van zijn eigen ervaring moet stoppen, kan niet anders dan vergeten.

'Dan weet je ook dat de bommen in Mortsel veel kapot gemaakt hebben: huizen, scholen, levens.'

'Mmm,' bevestigt Gert en knikt.

'En wat al niet meer gaaf was, werd het eerst gekraakt, definitief.'

Gert sluit zijn ogen en schudt met zijn verwarde kop.

'Ik was al getrouwd. Het graf van mijn vrouw heb ik je vandaag getoond. Maar ze is niet in de oorlog doodgegaan, toch niet meteen. We waren erg jong, maar zo verliefd dat zelfs de oorlog ons niet meer kon tegenhouden. Integendeel, we hadden haast, en die oorlog zouden we ook wel overleven. Ik ging werken bij de bakker. We kwamen niets tekort en we vonden al snel dat er genoeg was voor een mondje meer. We konden ons geluk niet op toen de dokter zei dat Johanna ons kindje verwachtte. Maar het was een zware zwangerschap. En ongeveer alle miserie die een zwangerschap met zich kan meebrengen hebben wij meegemaakt, op elk vlak.'

Mijn gesprekspartner is jong, veel te jong om te begrijpen wat ik bedoel. Hoe kan hij weten wat de belofte van het leven met een broze vrouw en met de liefde doet? Ik besluit geen pogingen te doen om het hem uit te leggen: 'Ze vond niets meer mooi, ze kreeg niets meer van zichzelf gedaan. Ik heb echt geprobeerd om haar te begrijpen, en om geduldig te zijn. Maar omdat het allemaal niets hielp maakten we ruzie. Dat was natuurlijk ook zinloos. Ik wist het, ik wou het niet, maar ik kon niet anders. Ze huilde zich in slaap. Haar bed was de enige plaats waar ze zich nog veilig voelde. Ik herinner mij hoe ik me steeds weer voorgenomen heb om alles te verdragen zonder kwaad te worden, maar het mislukte keer op keer. Ik vind nog altijd dat ik daar zwaar tekortgeschoten ben.'

Gert knikt. Hij kan niet weten dat ik zelf al pratend voor het eerst besef hoe zwak en schuldig ik mij al die jaren heb gevoeld. Hij lijkt de ernst te voelen, maar kan ze niet vatten. Dus praat ik over duidelijkere stukken van het drama.

'En dan was er de oorlog die maar niet ophield, en die steeds meer aan ons vel begon te zitten. Er werden mensen opgepakt, er was angst, er was honger en er was vooral onzekerheid. Niets was vanzelfsprekend en we hadden weinig keuzes. Dus deden we in afwachting wat van ons verwacht werd: werken, in de rij staan voor wat er te krijgen was, eten wat eetbaar was, zeggen wat gezegd kon worden, en bang zijn voor de opeisingen. We waren duikers, we trachtten nergens op te vallen.'

'Mijn vader is in die tijd voor de opeisingen gevlucht, met de fiets tot diep in Frankrijk.'

Gert vertelt het opgewonden: zoals zij die het van horen zeggen hebben.

'Je vader was niet getrouwd, hij had geen kind.'

Ik weet dat het geen zin heeft me te ergeren aan zijn onwetendheid. Als ik niet snel ter zake kom wordt het niets met dit gesprek. Aan een zoveelste zeuren over de oorlog hebben we geen van beiden behoefte. Aan opbod van sterke verhalen evenmin.

'Wat ik wil zeggen is dat ik alles verloren heb, en daar is mijn verlies begonnen. Joke, mijn vrouw, Johanna, werd steeds bitterder. Ze werd ziek en ze kon niets meer verdragen, zeker de oorlog niet. Daarom trok ze zich terug in haar hoofd. Niemand begreep haar nog. Niemand wist nog waarom ze plots begon te lachen, of te roepen. Ze liet het niemand toe, en ze kon uren zwijgen. Ook ik kon haar dan steeds minder bereiken. Ruzie maakten we niet meer. Het had geen zin, ik deed alles in haar plaats en op de duur stuurde ik haar op vakantie naar de hei, bij haar familie. De rust zou haar genezen. De waarheid was dat ze er zenuwziek van werd, maar ik, en al wie van haar hield, wilden dat nog niet weten. Het was al lang te laat, en wij hebben dat lang ontkend. We hadden haar toen eigenlijk al verloren. Ik was mijn vrouw kwijt, mijn kameraad, mijn lief. Bertje moest gelukkig zijn zonder zijn mama. Daar deed hij ook hard zijn best voor. Het was een prachtig ventje. Hij lachte en kraaide van plezier, hij amuseerde zich voor twee, en als hij toch eens weende liet hij zich heel graag troosten.

Joke ontving haar kind hartelijk als we haar gingen bezoeken. Ze speelde met hem in de tuin, ze duwde zijn schommel en speelde verstoppertje met hem. Maar vertedering was het beste wat Bertje nog van haar kon krijgen. Hij was haar liefste speelkameraad, haar lievelingspop. Als hij weende stond ze er machteloos bij of ze weende mee. Als hij zich pijn gedaan had of vuil gemaakt had, bracht ze hem naar binnen. Bertje vond het allemaal goed. Hij ging doodgraag naar de hei om er te spelen. Te pas en te onpas kwam hij met zijn jasje aangelopen: 'Bertje spelen met ma'ke in de grote hof.' Ik zei dan dat het nog veel te vroeg was en dat hij nog een paar nachtjes flink moest slapen voor we weer eens konden gaan. Zijn lip trilde van teleurstelling en van verlangen, maar hij kneep zijn mondje moedig toe en knikte flink. Ik kon het hem niet uitleggen. Hij kon enkel maar vermoeden wat een moeder was. Maar het was zo belangrijk, ook voor hem, dat voelde hij maar al te goed.

Mij maakte het eerst erg boos. Ik wilde dat hij zijn moeder leerde kennen, zoals ik ze gekend had. Ik wilde dat hij haar kind was, onze jongen waar we zo naar verlangd hadden. Het lukte niet. Steeds minder zelfs. Ik durf je niet te vertellen hoe boos dat me kon maken. Het kostte me ontzettend veel zelfbeheersing om dat te aanvaarden. Ik was soms bang van mezelf, want ik was wanhopig. Ik heb borden stukgegooid en stoelen kapot geklopt, om mijn woede te bedaren, want ik was tot alles in staat. Maar ook dat ging over. Het was niet vol te houden. Op het eind voelde ik me alleen nog triest en verslagen.

Bertje speelde het liefst met de dieren: de hond, de kat en, vooral, de kippen en hun kleintjes. Als de eieren uitgebroed waren kon je hem uren lang boeien bij de kippenren. Joke wees, vertelde, lachte en kirde. Bertje lachte mee met elke dwaze lach, zonder te weten waarom. Hij vergaapte zich aan die koddig waggelende, uitgebroede eierdooiertjes. Hij werd het nooit beu. Kuikens stonden voor hem gelijk aan onbedaarlijk plezier. Ik heb in onze hof in Mortsel een ren gebouwd en enkele kuikentjes mee naar huis genomen. Johanna had ze hem cadeau gegeven, en alles wat het ventje van zijn moeder over had wilde ik redden. Zo kon ze zijn moeder zijn en blijven, zelfs als ze zelf niet mee naar huis kwam.'

Hier wordt mijn verhaal heel moeilijk. Gert zit nog steeds onbeweeglijk en knikt opnieuw ernstig en geduldig nu ik zwijg.

'Dat snapte hij natuurlijk niet,' zeg ik. Er schuilt een wereld in die zin, de wereld van ons Bertje. Ik vraag me af of hij dat wel begrijpt.

'Neen, ik denk het niet,' zegt hij ongemakkelijk.

'Hij amuseerde zich alleen. En ik was verzoend met dit geschenk van Joke. Haar laatste.'

Dit keer is mijn zwijgen pure onmacht. Na zoveel zwijgen laat mijn verdriet zich moeilijk leiden, ook niet langs welgemikte zinnen.

De toog trekt zich er niets van aan. Daar wordt de stemming stilaan uitgelaten. De borsten en de billen van Martine worden er alsmaar inspirerender, de gesprekken worden luider, de moppen schunniger en de lachsalvo's vettiger. Ik ben hier zelden lang genoeg gebleven om me te storen aan de geur van rook en plassen bier.

En toch wordt er weer gezwegen als Gert ten slotte gaat betalen aan de toog.

'Weet je waar we wonen?' vraagt hij als hij zijn jas van zijn stoel komt halen.

'Of ik dat weet?' vraag ik schamper. Maar ik krijg de kans niet om te zeggen wat ik te zeggen heb.

'De begrafenis is pas overmorgen. Mijn werk is gedaan en dat van u bijna. Als u dat wil kunnen we verder praten als het graf af is. Maar niet hier. U bent welkom bij ons thuis. Mijn moeder vindt dat zeker wel goed.'

Ik knik en drink een laatste druppel uit mijn lege glas. Ik moet iets doen, want ik ben slecht in onwennig zwijgen.

Gert wacht niet op een duidelijker antwoord. Op het moment dat hij omkijkt, met de deurklink in de hand, bedank ik hem onhoorbaar. Ik beslis dat ik op de begrafenis van de voddenraper wil zijn. Zijn moeder vindt dat ook wel goed, dat weet ik zeker.

II

Het is mistig en koud. Ik loop met veel te weinig planken naar het graf van de voddenraper. Het zijn er meer dan ik vandaag kan dragen. Ik gooi ze bij twee balkjes die daar al te lang liggen te rotten in de zompige modder. Met die twee zal het voor een keer ook wel gaan, denk ik, en ik vertik het om er nog twee bij te halen. Het is al lastig genoeg om mijn ladder in de put te zetten en nog één keer af te dalen. Vijfenveertig jaar lang was dit mijn werk. Achtenveertig werkweken per jaar waarin ik gemiddeld vier graven groef. Er vallen dikke klodden natte aarde op mijn rug en op de verzopen bodem van de put. Ik graaf opnieuw de resten van de afbrokkelende randen weg. De vettige brij zuigt mijn spade telkens vast, het kost allemaal veel moeite, alles werkt me tegen. Het slotoffensief van mijn vijandig lot. Het werk duurt te lang, er is nog veel om over na te denken. Te veel, veel te veel. Ik weiger, en om het denken te beletten prop ik mijn hersens koppig vol met rekenwerk. Achtenveertig weken, vier graven, achtenveertig maal tien, vierhonderd tachtig gedeeld door twee, tweehonderd veertig min achtenveertig is honderd tweeënnegentig graven per jaar. Vijfenveertig jaar lang. Honderd tweeënnegentig maal honderd, negentienduizend tweehonderd gedeeld door twee. Negenduizend zeshonderd. Daar moeten de graven van vijf jaren af, maar het jaar drieënveertig telt voor drie. Ik strand op negenduizend. Preciezer rekenen lukt niet meer. Ik roep dit graf uit tot mijn negenduizendste. Het moeilijkste van allemaal, sinds dat van Bertje. Nooit hebben de planken zo gesneden in mijn hand, nooit heeft de kou me verkild tot op het bot.

Of toch? Maar dat was niet tijdens het delven van een graf en het was ook niet de kou die aan me vrat. Zes april 1943. De bommen hadden alles doen omslaan, ook het weer. Alles was miezerig, in de rouw. Alles was op zijn kop gezet. Onze bondgenoten hadden op ons ingehakt, alle hulp kwam van verraders. 'Es sind die Engländer gewesen,' hadden de Duitsers bijna triomfantelijk benadrukt. Hun vrijwillige arbeidsdienst blonk uit in hulp en heldenmoed. Ik heb ze geholpen en bewonderd. Ik moest terug naar die hel om ze recht in de ogen te kijken. Ik kon er niet wegblijven. Ook toen deed elke wonde pijn, ik had ook toen geen keuze. Helpen, werken, graven, klimmen. Voortdoen, over puin kruipen, mijn leven riskeren op wankele vloeren en instortend puin. Het was de enige optie. Alleen zo kon ik het overleven. De krijsende moeders in bedolven kelders, de koppels die in elkaars armen wilden sterven, de kinderen die in ziekenhuisgangen veel te lang moesten liggen wachten op veel te weinig hulp, de net niet doden die niet bij de lijken gelegd wilden worden. Ze hebben me die eerste dag geholpen om niet gek te worden. Toen heb ik niet geteld en gerekend om het malen van mijn muizenissen te stoppen. Toen heb ik een dag lang gezocht naar de moeder van de stervende jongen die me gevraagd had om zijn moeke nog een goeiendag te doen. Genadige jongen, hij heette Ronny, denk ik. Ik heb hem in elk geval zo genoemd. Ik heb zijn moeke vruchteloos gezocht en toch gevonden. Uren heb ik overal in Mortsel verteld over hem en over wat hij me gevraagd had. Iedereen zocht geduldig naar manieren om me te helpen bij de hopeloze taak die ik mezelf had opgelegd. Niemand zei dat het geen zin had of dat het geen belang meer had.

's Avonds had ik me al koortsachtig op andere bezigheden gestort. Ik groef de meest bedolven mensen uit. Een ervan was een vrouw. Haar man had toevallig aan de juiste kant van een instorting gestaan. Hij vervloekte zichzelf daarvoor. Hij had me urenlang de weg naar de wegstervende jammerklachten van zijn vrouw gewezen. Ze riep voortdurend naar haar kinderen: 'Ik ben hier, kom bij mij!' Haar bidden en smeken was verhoord. Tegen de tijd dat we haar vanonder het gruis konden trekken was ze bij haar kinderen. Rosa, Joske en haar Ronny. Hij kon haar nu zelf zijn goeiendag doen.

* * *

Ik ben op de bodem van de put gaan zitten. Mijn broek zuigt de plas waarin ik zit tot aan mijn billen. Mijn laatste spadesteek mag blijven zitten, het kan mij niet meer schelen. De tijd verstrijkt. Hij heeft haast vandaag. De middag komt snel en ongelegen. Nog even herrijs ik uit mijn as, uit mijn modderplas. Een slijkfeniks speelt grafdelvertje en smijt planken en balkjes in de put. Ik rangschik ze. Meer om mezelf te overtuigen dat mijn werk erop zit dan om de wanden van dit graf op hun plaats te houden. Het is voldoende als excuus om mijn toilet al te gaan maken. Het provisoire vermommen in werkmens in ons werkkot op het kerkhof en de pint in Den Beer sla ik vandaag over. Ik word weer mens onder de douche in mijn huis. Straks ga ik naar waar mijn leven de pauzeknop heeft ingedrukt.

12

Ik sta op de stoep, gewassen en verkleed, mijn haar is nog niet droog.

'Dag mijnheer Sestig,' zegt ze.

Daarna richt ze zich tot haar zoon: 'Herken je hem niet meer? Maar Gert toch. Deze mijnheer heeft toch zijn huis aan ons verkocht.'

De vrouw van de voddenraper, de moeder van Gert, weet meteen weer wie ik ben en ontvangt mij als een verloren gewaande vriend. Ze schudt mijn hand heftig, nijpt erin met het beetje kracht dat ze nog in zich heeft en legt er haar tweede hand bovenop. Ze knijpt haar lippen op elkaar en knikt samenzweerderig en met gesloten ogen. Het arme mens verwart de laatste vlagen van nostalgie die mij toen nog dreven met genegenheid. Mijn belangstelling en mijn spontane hulp waren niets anders dan een alibi toen ik hier kwam zoeken naar de laatste sporen van mijn vernielde verleden. Het voelt een beetje kleverig om ongewild en ongeweten te ontroeren.

'Hij is ons hier nog dikwijls komen bezoeken.' Ze vergeet hoe klein haar zoon nog was toen ze in Mortsel kwamen wonen. Ze vergeet ook dat hij nu volwassen is.

Gert kijkt ons aan. Eerst verbaasd, dan geduldig, geërgerd en gegeneerd.

'Ik had gisteren niet de tijd om het je te vertellen,' antwoord ik op de vraag die hij niet hoeft te stellen. Hij laat verder niets meer van zijn wantrouwen merken.

'Gecondoleerd, mevrouw.'

'Ach,' kreunt zijn moeder terwijl ze moedig knikt. Voor ze meer kan zeggen, met haar stem die op breken staat, maakt Gert een eind aan deze verplichte tussenstop in de woonkamer.

'We gaan op het terras zitten, ma,' zegt hij beslist. Hij negeert het gebaar waarmee ze me wil uitnodigen om in een zetel te gaan zitten. De enige die nog bruikbaar is. De rommel ligt overal in hopen opgestapeld. Ik glimlach naar de vrouw en laat haar achter in de kamer waar ze haar nest heeft gebouwd tussen dekens, kussens, kruimels en verschaalde restjes koffie. Ze is teleurgesteld, er zit niets anders op. Gert stapt kordaat door de gang, ik doe wat hij van mij verwacht en volg. Het is er groezelig en slordig. Er zit geen enkele lijn of stijl in de meubels die de voddenraper gered lijkt te hebben van de schroothoop. Het behang tekent grillige vormen: symmetrisch en in schreeuwerige kleuren. Het papier bobbelt, en aan hoeken en stopcontacten zitten scheuren die onhandig dichtgeplakt zijn. Een lelijke aluminiumdeur met een groot, gebarsten raam brengt ons naar een overdekte koer. Wat Gert een terras genoemd heeft is het eerste deel van de tuin, verhard met de dalstenen van een of ander opgebroken trottoir en met een afdak van oude balken en goedkope golfplaten.

'Mijn vader deed alles zelf,' zegt Gert. Hij leest weer eens mijn gedachten. 'Alles tweedehands of zo goedkoop als mogelijk.'

Tweedehands. We weten allebei wat dat voor een voddenraper meestal betekent.

'Het was ook nodig,' voegt Gert eraan toe. Dat vind ik mooi van hem.

'Ik kan het me voorstellen,' zeg ik, al weet ik zelf niet of dat wel waar is. Ik heb alleen tekort gekend in oorlogstijd. Maar dat is anders. Geldgebrek in vredestijd moet eenzaam zijn.

Het teakhouten tuinmeubilair is een uitzondering: het is smaakvol en nieuw.

'De laatste maanden was er minder ruzie over geld. Het huis was af. Mijn vader was veel minder bang om aan de grond te raken.'

'En je moeder?'

'Zij zal niet meer veranderen. Ze zegt dat het een offer is.'

Alles went, ook dit slordig leven. De vrouw van de voddenraper lijkt gehecht geraakt aan dit leven tussen rommel. Alles wordt vroeg of laat een levensstijl.

'En hoe was het voor jou?' wil ik vragen. Maar ik doe het niet. Ik zie weer die blik van de jongste voddenraper-tegen-wil-en-dank. Hij weet dat ik zijn schaamte ken, na wat hij in 't café gezegd heeft. Hij treuzelt, hij staat weer even met zijn kop naar beneden. Dat volstaat. Even snel zijn er weer die levendige ogen. De ogen van ons Bertje. Hij maakt ze groot en trekt zijn schouders op. Het is wel duidelijk wat hij van het offer van zijn moeder vindt.

'Ga zitten,' zegt hij, alsof hij een besluit genomen heeft. De droefheid valt hier volledig van hem af. Deze spullen heeft hij zelf gekocht, het kan niet anders. Hij zegt het er niet bij. Ik stok en moet een brok wegslikken, totaal onverwacht. Van nature kijkt hij vrolijk. Even vrolijk als Bertje, en even ondanks alles. Zelf blijft hij staan, er lijkt hem iets in te vallen, en zonder iets te zeggen laat hij mij alleen.

Mijn zoontje is hier overal. In alles wat ik zie. Ons huis is weg. De voddenraper heeft er geen steen van op de andere gelaten. Maar hier, in deze tuin is het anders. Ik herken er alles en niets. Ook hier is alles overhoop gehaald. Maar hier verandert de rommel in mijn hoofd in rondslingerende schopjes, ballen, tollen en houten karretjes. Het wasgoed is een bakkersschort en geurend linnen in de vroege lentewind. Het tuinkrot is ons berghok met de kippenren, het pad van betonblokken, stukken tegel en baksteenresten is het grindpad, door Johanna keurig afgeboord met afgeronde asbestplaatjes. De kat van de buren spurt achter een achteloze duif die zich in een wolk van pluimen weet te redden. Ik herbeleef de eindeloze spurtjes tussen twee andere jonge wezens, veel onschuldiger en onbeholpen, vroeg in april in drieënveertig, op deze eigenste plaats. Maar waar ik Bertje zie, jagend op zijn kuiken, daar mep ik brutaal mijn herinneringen plat. Zoals de klok van het gemeentehuis die dag voor altijd op half vier is blijven staan, zo staak ik mijn hinderlijk geheugen, hoe opdringerig het ook is. Ik ben er goed in. Oefening baart kunst.

Gert staat naast mij met een dienblad. Ik vraag me af hoe lang hij daar al staat. Hij zet een biertje voor mij op de tuintafel: netjes in het glas, maar zonder schuimkraag. Zelf drinkt hij uit een flesje.

'Is er hier veel veranderd?' vraagt hij.

Ik knik en zucht. Niet elke vraag wil een antwoord. Als hij

tegenover mij is gaan zitten, heft hij zijn flesje naar me op en drinkt. Hij schuift zijn stoel wat achteruit en gaat voorover zitten, met zijn ellebogen op zijn knieën.

'Schol.'

'Je vader?' zeg ik, vragend naar de rest van zijn verhaal. Het verhaal van de voddenraper wil ik horen. Het is beter dat nu eerst te horen.

13

'Mijn vader had een winkel in Temse Hij had ook een zoontje en een vrouw.'

'Was dat je broer?' vraag ik. Ik heb het over de oudste van de voddenraper, de gretige jongen die zo brutaal en efficiënt is in alles wat hij doet.

'Ze hebben hem toch altijd zo genoemd. "Hier ligt je broertje," zei mijn moeder als we aan zijn zerkje stonden. Hij zou jaren ouder zijn geweest dan ik. Daar dacht niemand aan.'

Hij heeft het niet over de gretige straatschuimer die ik ken. Ik moet zwijgen als ik het verhaal wil kennen.

'Niemand?' vraag ik enkel nog. Ik wil dat hij vertelt, over de voddenraper en zijn groot verlies. Daarom plant ik enkel nog deze wegwijzer op de weg van zijn verhaal.

'Of mijn vader eraan dacht? Ik weet het niet. Hij sprak nooit als hij zijn graven bezocht, dat heb ik al gezegd.'

De voddenraper heeft eraan gedacht. Dat weet ik wel zeker. Net als ik heeft hij zich zijn zoon ontelbare keren voorgesteld. Hij zou nu zes zijn, naar school gaan, achttien, afstuderen, vrijen, trouwen. Aan het graf van een kind is een vader op zoek naar de toekomst die hem ontstolen is. Als de doden ergens leven dan is het in het hoofd van wie ze achterlieten. Het is een huizenhoog cliché, waarnaar ik me strikt en met overgave geschikt heb. Ze hebben er recht op: Bertje, Johanna, de zoon van de voddenraper en onze andere doden. Ik zou zoveel willen zeggen, maar ik heb me voorgenomen om te zwijgen en te luisteren.

Gert zegt voorlopig niets meer. Het duurt een ontzettend lang moment. Het is geen koppig zwijgen. Het is de stille worsteling van iemand die zwoegt en ploetert in weerbarstige flarden van een veel te vaag verleden.

'Ik had hem graag nog kunnen zeggen dat ik hem begreep,' zegt hij ten slotte, 'maar het zou gelogen zijn. Ik was een kind en hij was alleen. Niemand begreep hem. Het praten van mijn moeder veranderde daar niets aan. Nu is het te laat om hem nog iets te vragen. Dat spijt mij nu al meer dan ik kan zeggen, mijnheer.'

'Ik heb ook aan het graf van een zoon gestaan,' zeg ik. 'Misschien kan ik je helpen. Ik weet alleen iets over rouwen, niet over verder leven. En noem mij alstublieft gewoon René.'

Dat ik me aan de doden vastgeklonken heb tot ik zelf een beetje doodgegaan ben. Zou hij dat begrijpen? Dat ik niet verder wilde als het niet hand in hand was met wie erbij had moeten zijn. Maar dat is een verloren strijd geweest. De dood is een jaloerse minnaar die geen concurrentie duldt. Van zodra die in mijn leven was gekomen, heb ik clandestien geleefd. Geluk was ontrouw, liefde was capituleren. Het is alsof er steeds die wrede keuze is gebleven die me dreigde te verscheuren tussen de liefdes uit het heden en die van het verleden. Elk grafbezoek heb ik als een bekentenis ervaren. Ik vroeg vergiffenis voor het leven zonder hen, en toch was ik veroordeeld om me er weer aan te bezondigen. Steeds opnieuw. Er is nooit toestemming gekomen. Op het kerkhof heb ik vaak hard gewerkt.

Hoe leg je zoiets uit? En hoe leg je uit dat sommigen, zoals ik, te laf zijn voor het leven? Ik heb aan het graf van Bert en Joke gevochten tegen het bevriezen van de beelden. Ik heb de dood niet in de ogen durven te kijken, en, jaar na jaar, heb ik ze in gedachten ouder laten worden. Het is me op den duur niet meer gelukt. De dood uitdagen blijft nooit ongestraft. Ook ik ben verplicht geweest mijn feuilleton te stoppen. Toen zijn de herhalingen begonnen: Bertje op de schommel, in de tuin, in bad, in de buik van zijn moeder, op de schoot van zijn tante. Altijd weer dezelfde beelden. Ik hield er steeds minder over en steeds vaker betrapte ik mezelf erop dat ik geflirt had met de grens tussen wat echt was en wat fantasie. Ik heb het opgegeven. Maar ik ben wel blijven weigeren om het echte leven opnieuw aan te gaan. Mijn spoken waren heilig, en niemand mocht hun plaats innemen. Ik was het oude leven kwijt, maar ik zou het nooit laten verdringen door het nieuwe. Het heeft me voortdurend pijn gedaan. Aan deze strijd heb ik mijn toekomst opgeofferd. Hoe zeg je zoiets, zonder dat het bitter lijkt? Ik wil nog steeds niet dat het zinloos lijkt.

$$* * *$$

'Je vader heeft zijn verleden nooit vergeten. Maar hij heeft het meegenomen richting toekomst.' Mijn woorden klinken niet zoals ik het zou willen.

'Moet dat zo? Moet je het daarom doodzwijgen?'

'Soms wel, als het niet anders gaat.'

'Dan is met hem ook zijn verleden doodgegaan. Ik kan niets meer vertellen.'

14

Het is vanmiddag niets meer geworden. We hebben over begrafenissen gesproken. Die van de voddenraper en andere. Omdat er niets meer te vertellen was, of beter: omdat er niets meer was dat kon verteld worden. We moesten het ergens over hebben.

Ik heb voor mijn vertrek ook nog uitgebreid naar de weduwe geluisterd. Tussen de regels van haar verdriet heb ik vernomen dat zij en haar man net geleerd hadden elkaar graag te zien. Waarom ook niet, ze hadden tenslotte hun best gedaan en ze hadden elkaar niets te verwijten. Het was allemaal begonnen met goede wil en inzet. Begrijpen kwam pas veel later, beetje bij beetje en heel moeizaam, want ze waren heel erg anders. Ze hadden het geduld gehad om de vele misverstanden en de ruzies te verdragen. Vertrouwdheid was er al lang, en er was zelfs genegenheid uit gegroeid. En helemaal op het einde waren ze tot de vaststelling gekomen dat er ook de liefde was. Toen het vuur in de voddenraper dreigde te doven en toen zijn vrouw vaststelde dat ze hem en zijn koppigheid vreselijk miste.

Met verliefdheid had het nooit iets te maken, wel met plicht en zorg. Hij voor zijn kinderen, zijn centen en zijn hemel, zij voor God en de familie. Ze zou aan iedereen bewijzen dat ze uitblonk in ootmoedige inzet voor de sukkelaars van deze wereld. Omer was haar dompelaar van dienst, het gewillige voorwerp van haar onbaatzuchtigheid. Hij was haar opgave en haar beproeving, meer dan haar man. En hij was het waard. Zijn kinderen nog meer. Zijn hoop en fierheid waren nooit helemaal gesmoord in zijn tegenslagen. Hij was geknakt, maar hij was blijven vechten omdat hij wist dat er meer in hem en de kinderen van zijn eerste liefde zat. Hij had alle hulp met twee handen gegrepen en die zaten nu eenmaal grotendeels vast aan zijn tweede vrouw. Hij had zijn opflakkerende levenslust betaald met Gert, zijn jongste. Daarna had de barmhartige God hem op dat vlak geblust. De moeder van zijn jongste was hem er dankbaar om. Een nachtmerrie van een geboorte had haar ongeschikt gemaakt om nog langer Gods zaad over Gods akker te laten vloeien, en er was in haar ogen geen enkel ander excuus voor vleselijke lusten. Ze hadden sindsdien als broer en zus geleefd, gebekvecht en gewerkt: ware kinderen van de Heer in de goede traditie van de eerste christenen.

Af en toe stak de guitige dorpsjongen uit Temse de neus weer aan het venster. Hij bleek 'mondmuziek' te kunnen spelen op een oldtimerinstrument en hij kende ondeugende liedjesteksten. Dit restant uit zijn vorig leven borg hij gewillig op zodra ze hem te kennen gaf dat hij aanstoot dreigde te geven. Ze hoefde de levenslust niet te kennen waarvoor zijn ware Jacoba destijds gesmolten was. Hij was niet haar prins op het witte paard, zij was niet zijn droomprinses. Dat wisten ze beiden heel erg goed. Ze was misplaatst in zijn odes aan het leven en de liefde. Hun huwelijk was eerder haar ode aan het moedig te dragen kruis, aan de dankbare dood die verlost van al het kwaad.

De moeder van Gert vertelde alles met omfloerste discretie. Behalve over lichamelijk ongemak en haar barenspijnen. Dat verhaal zette ze dik aan, met onnodige details. Gert heeft zich verontschuldigd en liet ons alleen. Ik voel me plaatsvervangend gekwetst nu ik thuis alles veilig herbeleef. En toch werd het nog een mooi verhaal, zeker op het einde. God en de hemel werden steeds belangrijker. Het heeft hen mooie bedevaarten opgeleverd, en de mooiste verhalen uit hun leven. Over talen die ze niet begrepen, over zijn water bij het eten dat veel duurder was dan haar wijn, over nonnen en hun vriendschap met pastoors, over taxi's en hun dure omwegen, over nieuwe vrienden en oude tantes, over ritjes met de nieuwe tram en over de Sint-Pietersbasiliek. De voddenraper had zijn hemel wel verdiend.

Toen ze me alles had verteld, heeft ze me uitgenodigd voor de begrafenis van haar man. Ik wist dat ze het goed zou vinden. Ik hoefde het niet eens te vragen.

15

Ik hou van mijn eenzaamheid. Ik heb er altijd van gehouden de wereld af en toe zijn gang te laten gaan en me terug te trekken. Maar sinds de lente van drieënveertig weet ik dat mijn privacy eindigt bij de grenzen van mijn huid. Daarbuiten zijn geborgenheid en veiligheid een illusie. Alleen het universum in mijn hoofd is echt een eigen plek. Maar de reis erheen is lang en de toegang onzeker. Alleen mijn grillige ziel kan me erbinnen laten, en voor ze mij die gunst verleent wil ze, als een nukkige vrouw, verleid worden. Ze wil me maar omarmen na talloze offers en schijnbewegingen: ze vraagt rust, de trance van routineuze rituelen, een leeg hoofd, een schaamteloze foert aan alles buiten.

Daarom heb ik de warmwaterkraan van het bad volledig opengedraaid en de deur van de badkamer potdicht gedaan. De kilte verdwijnt, ik kleed me langzaam uit. In de spiegel bekijk ik mijn opvoering. Knoop per knoop, rits per rits. Treuzelen, niet te snel gaan is de boodschap. De sfeer die ik zoek laat zich slechts heel voorzichtig naderen. Mijn spiegelbeeld trekt zich terug in de stoom waarmee de kamer zich langzaam vult. De zwoele hitte went snel, het hete water brandt net niet, het prikkelt mijn rode voeten. Ze leren het snel verdragen. Ik ga op mijn knieën zitten, daarna laat ik mijn billen in het water zakken. Duizenden onzichtbare naaldjes masseren mijn huid en bevrijden mijn gedachten. Mijn leven trekt zich langzaam terug aan de binnenkant van mijn weke vel. Er bestaat even niets behalve deze plagerige kwelling waaraan ik me vrijwillig net niet verschroei. Elke beweging vraagt een beslissing, waarover ik minuten doe. Mijn houding raakt uiteindelijk volledig met de zwaartekracht verzoend. Ten slotte vind ik de moed om mijn stomend natte rug tegen de koude badrand aan te drukken.

Ik beloon mezelf voor deze laatste krachttoer met een onverantwoorde hoeveelheid verse hitte uit de douchekop en masseer me van kop tot teen met de gloeiende waterstraaltjes. In de boiler waait het vuur door grote wolken gas. Het gerommel en het jagen van de vlammen sluit het dikke stoomgordijn hermetisch. De hypnotiserende fluittoon, het rillen en de verlamming, de milde sufheid, het zweven, stijgen en dalen: alles komt nu enkel nog van binnen.

Ook het licht, alleen het licht. Ik implodeer en heel ver in mij wenkt licht. Ik zie niemand, alles is zwart, behalve het licht in de verte. En toch ben ik niet alleen. Ik voel de warmte van aanwezigheid. Alles is vredig en veilig. Mijn gids gaat voorop en tekent zich af tegen de zwarte leegte. De beeldschone jonge man leidt me. Hij is me zeer vertrouwd, mijn vertrouwen is volkomen.

Ik vraag of hij Gert is, de zoon van de voddenraper. Maar hij zegt dat ik hem niet kan kennen. Hij is de zoon van de grafdelver. Mijn zoon.

Hij zegt dat ik verder moet gaan, maar dat ik er alleen doorheen moet. Hij wacht me op, belooft hij, aan de andere kant van mijn jeugd.

Ik loop door Mortsel. Alles is mooi en heel. De klok van het gemeentehuis loopt perfect, de school is nieuw, de oude pastoor is piepjong. Mijn vader rijdt fier als een gieter met de eerste vrachtwagen van de gemeente. Hij claxonneert en zwaait. Het is donderdag, we hebben de namiddag vrij en ik kan niet snel genoeg naar huis gaan. Thuis staat hij mij al op te wachten in zijn vuile overall.

Mijn moeder roept vanuit de keuken: 'Modderkleren uit en uw handen wassen voor het eten.' Voor de zoveelste keer roept mijn vader dat ze dat niet zal moeten blijven zeggen. Hij bluft dat hij vroeg of laat als een heer zal thuiskomen, proper en in een schoon kostuum. Als hij zijn eigen baas is. Dat heeft hij altijd voorspeld, bij elke gelegenheid, en hij is altijd voor de gemeente blijven werken. Hij onderhoudt het park, de bomen en het kerkhof. Putten graven is nog geen voltijdse baan. Hij knipoogt naar mij, klopt me met een hand vol aarde op mijn schouder en gooit zijn sigaret in de voorhof. Met een samenzweerderige vinger op de mond legt hij mij het zwijgen op. Zo balorig is hij alleen in zijn beste momenten. Ik begrijp zijn doen en laten, helder alsof ik zijn gedachten kan lezen. Ik zwel van trots omdat ik het geloof en het vertrouwen voel dat hij me toevertrouwt. Wij zijn gelijken, hij en ik, en we zullen er wel komen.

Binnen fronst mijn moeder zonder echte boosheid. Ze raadt wel wat ze niet wil weten en houdt het voor zich. Mijn moeder is een wijze vrouw. Ik ben hier graag.

We eten worsten met stoemp en spruiten. De spruiten wurm ik eerst naar binnen, met veel water. Daarna is het feest. Mijn zusje kent die strategie nog niet. Ze is nog veel te klein voor moed en trucjes. Haar worst is op, haar stoemp bijna en de zeven spruitjes die op haar bord blijven liggen – moeder is mild geweest vandaag – lijken zienderogen te groeien. Ze begint te pruilen tegen beter weten in. We zien het, maar het helpt haar niet. Pulken ook niet. Dus begint ze zacht te grienen. Haar krokodillentranen worden streng genegeerd.

''t Zal niet pakken, Elza.'

'Ik vind Toosje nergens,' klaagt ze. Ik verslik mij. Brokken worst vliegen terug op en naast mijn bord. Mijn vader weet genoeg. 'René zal u wel helpen zoeken naar uw pop, mijn engeltje, is 't niet waar?' Die kleine is dus niet te jong voor streken. Mijn vader kijkt mij heel indringend aan. Hij weet maar al te goed wat ik met de pop van Elza heb gedaan. Waar hij mee dreigt is niet duidelijk, maar ik waag het niet om erachter te komen. Ik ga Toosje halen waar ik ze verstopt heb, uit de lade met mijn onderbroeken.

'Ge moet beter uit uw doppen kijken,' zeg ik terwijl ik ze op haar schoot gooi, 'ze lag gewoon onder uw bed.'

De tafel is al afgeruimd, de spruiten zijn onder het restje stoemp gemengd, en in de brooddoos van mijn pa gedaan. Mijn vader neemt graag restjes mee voor de namiddagschaft. Twee vliegen in een klap voor onze Elza: ze heeft haar pop terug en van haar spruitjes is ze af. Incident gesloten.

16

We zitten met zijn tienen in de derde graad, bij broeder Gusta. De doorgeschoten jongeman die onze meester is, heet eigenlijk August. Hij praat met getuite lippen en giechelt als mijn zus bij alles wat alleen hij grappig schijnt te vinden. Hij is mager en onhandig. In zijn verplichte bruine pak en zijn stofjas lijkt hij een verklede snaak, die kort tevoren zelf nog in onze banken zat. Als hij het kan horen, slikken we de eind-a van zijn bijnaam in, en gunnen we hem weer eens een gie-chel. We zijn venijnig maar niet wreed, wij behoren tot een brave generatie. Hij is streng, maar niet onvriendelijk. Hij hoort vooral zichzelf graag spreken en vindt dat ook weer grap-pig. Het mag, ik zal hem nooit vergeten. Zijn kwetsbaarheid heb ik, net als mijn vaders hoop voor de toekomst, nu pas hel-der door. Wat goed dat niemand weet hoe broos hij echt wel is. Hij is de zoon van onze directeur, en die verwacht van hem dat hij zal slagen. Op alle vlakken van het leven. Hij lijdt ver-schrikkelijk onder de kansen die hij krijgt.

Hij heeft gezegd dat we allemaal onze fiets mochten mee-brengen vandaag, ze hebben goed weer gegeven op de radio. We fietsen naar het voetbalplein, met drie naast elkaar, som-migen met, de meesten zonder achterrem. Ik heb als eerste in heel Mortsel een Hollandse Gazelle met torpedorem. Die gaan niet stuk en je kunt er heerlijk mee slippen en er remsporen mee maken. We crossen, leggen ons plat in de bochten en doen alsof we schakelen. Alleen omdat dat zo in de gazet staat na een koers, natuurlijk. Niemand heeft echt 'vitessen'.

Gusta laat ons doen en fietst ons rustig achterna. Alleen mooie Joske kan niet mee. Hij doet er ook geen moeite voor en blijft bij broeder August. Straks zullen we alles zonder schaamte thuis vertellen. Niemand vindt het een schande, nie-mand zal dubbelzinnige toespelingen maken. Alles is duide-lijk en eenvoudig, niemand stelt vragen over Gusta. Iedereen is naïef genoeg om hem te vertrouwen en er geen kwaad in te zien. Alles is simpel, eenvoudig en mooi. Hij is de meester, wij zijn klas. Wij moeten ons voegen en als het toch nog fout gaat, zijn de vragen en de straffen alleen voor ons. Desnoods onterecht. En ik weet nu ook zeker dat het onterecht was. Ik weet nu ook voor wie dit onrechtvaardig was.

Joske en Gusta komen aan als wij al twee nul voor staan. Joske mag arbiter zijn en Gusta surveilleert van achter zijn brevier. Hij houdt niet van voetbal, en hij moedigt ons niet aan. De arbiter moet zijn werk doen, want we mogen niet te wild zijn.

* * *

'We hebben gewonnen met zeven vier,' vertel ik aan het avondeten. Joke is blijven plakken. Ze doet dat graag bij ons. Haar vader is onze bakker en zij draagt brood rond. Er is nooit een tweede kind gekomen bij de bakker en zijn vrouw. Wij liggen op het einde van haar ronde. Ik mag elke goal, vooral de mijne, uitgebreid en met veel overdrijvingen beschrijven. Ik ben onnozel en nog stom genoeg om te geloven dat ze echt van voetbal houdt. Ik stel me aan. Ze weet het, ze zet haar ellebogen voor zich op de tafel, legt haar hoofd uitdagend in haar handen. Ik weet wel dat ze me net niet uitlacht, maar ik geniet met volle teugen van haar plagerige opmerkingen en haar kreetjes van bewondering. Johanna van de bakker is het eerste meisje op wie ik indruk tracht te maken. Ze geniet ervan en ze doet er alles aan om dat niet te laten overgaan. Ze zegt wel tien keer dat het tijd wordt om naar huis te gaan, maar houdt mij toch weer aan de praat met weer een vraagje of een opmerking over een van onze klas- of buurtgenoten.

Mijn vader gaat op straat staan kletsen met de buren. Mijn moeder ruimt de tafel af en vraagt voor een keer niet om haar te helpen. Alleen mijn zusje hangt aan onze lippen, maar dat komt goed uit. Johanna vindt haar schattig. Ze zegt dat ze altijd al een zusje heeft gewild. 'Desnoods een broer,' voegt ze er plagerig aan toe.

51

De volgende zaterdag, na school, help ik haar brood ronddragen. Twee zaterdagen later weer. Het draait erop uit dat ik nog zelden mee ga voetballen in 't parkje. De eerste keren doe ik nog de moeite om mijzelf en mijn moeder wijs te maken dat ik het wel van plan ben. Ik pruts en treuzel met vertrekken tot Joke in de straat is. Op een goeie keer ben ik te laat. Of is zij te vroeg? Ze is in elk geval bij ons voor we elkaar weer eens toevallig op het lijf kunnen lopen. Ik doorzie nu alle schijnbewegingen. De mijne en de hare. Ze wil ook mij niet meer mislopen, en ze had haast. Het stemt me mild en blij. We geven het maar eerlijk toe. Van dan af spreken we af. Die nutteloze bal blijft voortaan thuis. Mijn ouders hebben het daarna wel door.

17 | De liefde...

We zijn snel enkele zomers later. De bakker stelt mij voor om bij hem een centje bij te verdienen. Hij weet best wie hij daar allemaal blij mee maakt. Mijn ouders gaan meteen akkoord.

'Zo loopt ge tenminste niet achter de haag,' zegt mijn moeder.

Ze heeft zich weer verraden. We worden heel snel groot, en in Mortsel wordt veel gepraat.

Mijn vader vindt het een mooi beroep. 'Maar dan moet ge wel uw eigen baas zijn,' vindt hij. Dat vindt zijn nieuwe vriend, de vader van Johanna, ook. Er wordt weinig uitgesproken, maar niemand vindt het raar dat ik voor bakker leer. En het gaat goed, ik doe het graag. Ik hou steeds meer van het parfum van bakken en van gist. Mijn streepjesschort en bakkersmuts passen als gegoten, mijn vrienden plagen en worden graag door mij geplaagd.

Ik beland nu in het brandpunt van mijn leven, het toppunt van wat allemaal had kunnen zijn. Joke vraagt mij mee als ze kleren gaat kopen, en bemoeit zich steeds meer met de mijne. Ze bemoedert mij met veel plezier, en het is alleen nog voor de sport dat ik haar dat verwijt. Mijn baas, haar vader, vindt het meestal goed. Mijn ergernis is grotendeels een spel. Haar moeder zet steeds vaker spulletjes opzij 'voor later' en zodra ik knecht ben in de bakkerij krijgen we alleen nog nuttige cadeaus. We stapelen ze op: de potten en de pannen, de vazen en de eierdoppen, de ketels en de schorten, de krukjes en de kleerkasten. Het berghok achter de bakkerij wordt voor ons leeggemaakt. We doen niets liever dan daar samen fantaseren over later.

* * *

En hier, in het diepst van ons verlangen, wordt onze jongen een eerste maal geboren. Ik vind het eerst gênant en vreemd, wanneer Joke onze baby speelt. Maar haar donkere ogen fascineren meer dan ooit als ze me smeekt om mee te spelen. Ze tuit haar lippen, en pruilt als vele jaren eerder. De overtuiging waarmee ze kind en moeder speelt is vreemd opwindend en voor mij wordt het een boeiend spel. Moedertje en vadertje heruitgevonden, alleen voor ons, en in 't geheim. Zij neemt het allemaal zeer serieus. Voor haar is het een voorschot op ons leven en een oefening voor later. Ze vindt het heerlijk en bouwt de vertedering op, tot ze angstwekkend tastbaar wordt, en ze zich, met gesloten ogen, overgeeft aan haar verrukking, net voor ze de ban verbreekt. Ze klapt in haar handen, kijkt me aan, en werpt zich dankbaar in mijn armen. Het lucht me op, soms ben ik bang voor haar overgave en haar overtuiging. Pas als we stil zijn hoor ik stappen in de bakkerij en vraagt haar vader waar ik blijf. Ik negeer de samenzweerderige blik van haar moeder en sluit een stil verbond: zij zwijgt en ik beloof haar goed te zijn voor haar Johanna. We kennen nu immers allebei haar kwetsbaarheid. Ze vraagt me nu ook elke zondag mee als ze naar de buiten trekt, naar haar familie op de hei. Ze weet wat ze daarmee bezegelt. De deur van 't berghok is zeer dun.

Onze toekomst belooft steeds meer en wachten wordt een kwelling. Iedereen ziet het, iedereen gunt het ons van harte. De eerste Duitsers, de voedselbonnen en de dreigende honger kunnen daar eerst niets aan veranderen. De furie in Johanna blijft verbazen. Haar spel wordt enkel nog hardnekkiger, mijn rol wordt dwingender. Ik ben te jong om te begrijpen dat ze vlucht omdat ze breekbaar is. Haar droom is veel te mooi en voert haar alsmaar verder van de wereld om haar heen. Ik ben haar prins, maar ook de bakkersknecht in Mortsel. De oorlog woedt, maar ook het vuurwerk in haar hoofd. Hoe meer de wereld onder onze huid kruipt, hoe onverzettelijker ze hem negeert. Ze maakt me gek en ik zie geen verband.

Ook haar schoonheid blijft maar groeien. Johanna wordt ondraaglijk mooi. Haar borstjes en haar heupen vangen steeds meer blikken, ook van mij. Ik tracht haar aan te kijken, recht in het gezicht, vooral niet lager. Zo valt het hopelijk niet op hoe mooi ik haar wel vind. Natuurlijk faal ik hopeloos, gelukkig maar. Ze kijkt me in de ogen, legt mijn haar goed, strijkt mijn hemd glad, van mijn oksel tot mijn heup. Het zijn excuses om me aan te raken. Haar hand vlucht in de mijne. Ze is bang en ik moet haar behoeden voor haar eigen gretigheid. Het is een voorstel en verlangen, alleen voor mij. Zonder liefde zou het flirten zijn. Onze gulzige liefde maakt ons steeds ongeduldiger. Ze neemt geen genoegen meer met ons gestolen spel, een dans, een zondag hand in hand. Het overdondert mij en dat alleen belemmert mij.

Ik wandel met haar naar een verre vijver op de hei. Daar is het Joke die mijn hand, trillend van verlangen, naar haar dijen leidt. Mijn neus en mond begraaf ik steeds brutaler in haar schouder en haar nek. Haar vingers op mijn achterhoofd duwen me met aandrang naar haar borsten.

We overwinnen gretig en met overgave de schaamte en de twijfel van de eerste keer. De onhandige liefde die we bedrijven zou nooit een zonde kunnen zijn. De passie dringt zelfs door in alles wat we voortaan doen. Het is het liefste wat we willen krijgen van elkaar, ontelbaar vaak, altijd, alles en helemaal. Iedereen voelt dat we in elkaars verlengde leven. Ons verlangen naar elkaar is zuurstof die de gloed waarmee we alles doen voorgoed heeft doen ontbranden.

De achterdocht en de gespeelde domheid van onze ouders belet ze niet ons te begrijpen. 'Wij zijn ook jong geweest.' Ze zeggen nooit meer dat we geen domme dingen moeten doen. Ondanks alles en ondanks de oorlog weet iedereen dat het tijd is om te trouwen.

Het bruidskleed van haar moeder past Joke als gegoten. Oorlogsbruiden kunnen mooi zijn. Mijn moeder bakt een speculaastaart, maar met haar vier verdiepingen is ze mooier dan wat vroeger in de winkel van mijn schoonpa stond. Die geeft dat graag en lachend toe. Heel Mortsel en de familie van de buiten werken mee aan een feest dat mooier is dan dat in Jokes dromen. Zelfs meetje, die vredig heengegaan is voor de honger dreigde, viert met ons mee. Haar huis is nu het onze, en beleeft alles wat een huwelijksnacht zou kunnen zijn. Tot in de kleinste hoekjes wordt er plaats gemaakt voor nieuwe tijden.

18 | ... en het kwaad

Ik overschouw de maanden in een oogopslag.

Ik blijf werken in de bakkerij. Mijn schoonvader laat alles steeds meer aan mij over. Natuurlijk is het graan en ook het brood gerantsoeneerd en is er minder werk. Maar toch te veel voor mij alleen, dus komt Joke me steeds vaker helpen. Tussendoor doet ze de winkel. Dat is ze gewoon: voor haar is dat al lang een beetje spelen.

Haar vader laat ons samen wennen aan het idee dat wij het nieuwe bakkerskoppel zijn. Hij doet dat zonder overgang en zonder woorden, zoals hij alles doet. Ik kan het hem niet kwalijk nemen. Hij wordt oud, en in ruil voor de toekomst die hij ons biedt verlangt hij slechts meer tijd voor hem en voor zijn vrouw. Hij herbeleeft zijn jeugd. Mijn schoonmoeder wordt er niet sterker van. Haar ogen worden vochtig bij de geringste aanleiding. Haar dochter helpt ook steeds vaker weer in huis, zoals ze vroeger deed. We wonen amper nog in ons eigen huis en zelfs het berghok zijn we kwijt. En toch is het een mooie tijd.

Maar mooie tijden hebben haast. Het wordt mij allemaal te veel en ik maak me voor de eerste keer behoorlijk kwaad. Mijn schoonmoeder staat steeds later op en gaat voortdurend op de zetel liggen. Dat is niet meer normaal. Ze zegt zelfs 's avonds amper nog een woord en komt ook dan niet overeind. Ze vermagert, veel meer en sneller dan de rest.

'Als ze ziek is moet de dokter komen,' vind ik, 'zo kan het toch niet blijven duren.' Johanna en haar vader zien dat helemaal niet zitten. Ze schrijven het toe aan de zenuwen en de weerbots van een zeer zwaar leven. Zolang ze vechten voor hun leugen kunnen ze de waarheid buiten houden.

Ze geven toe, maar slechts na veel verzet. Dokter Verdonck, een lieve man die door succes en aanzien niet minder mens geworden is, praat lang en uitgebreid met haar en Joke.

'Hij heeft niets gevonden om ons ongerust over te maken,' zegt ze triomfantelijk. Maar toch krijgt ze het moeilijk. De eerste barsten in haar harnas worden duidelijk. Die avond zingt ze nog bij de afwas. Luider zelfs dan alle andere keren.

Haar moeder helpt de dag erna. Ze gaat op een stoel naast de keukentafel zitten, en droogt de borden af. 'Oud worden is heel raar.'

'Als het niet betert, moet ge me roepen,' heeft de dokter ons gezegd.

Ze kan geen licht verdragen en houdt geen eten binnen. Vooruit dan maar, het kan niet anders. Joke zegt dat ze hem zelf gaat halen. 'Dan ben ik ook eens buiten.'

Ik mag niet mee met haar, het is niet nodig. Ze zegt het met een lach van dun, getorst kristal. Ik weet zeker dat ze het niet langer volhoudt dan tot aan 't gemeentehuis. Dan breekt ze zeker. De dokter woont nog verder.

Hij heeft zijn witte schort nog aan als hij zijn auto voor ons huis parkeert.

'Waar ligt ze?' vraagt hij zonder omwegen.

'Het spijt mij,' zegt Johanna. Haar ogen zijn rood en nat van verse tranen.

'Maar liefje toch,' zeg ik, 'waarom zou jij niet mogen huilen.'

Ik neem haar in mijn armen, dankbaar omdat ik haar eindelijk mag troosten. Even ben ik niet meer zo alleen.

'Het gaat niet goed met Martha,' zegt de dokter aan de bakker. 'Ik kan voorlopig niet veel doen.'

Hij schrijft iets voor tegen de hoofdpijn en het braken, en belooft nu elke dag te komen kijken tot het beter wordt, of tot gebeurt wat hij niet durft te benoemen. Het wordt niet beter en de dagelijkse, nutteloze komst van onze dokter begint beangstigend te worden.

De oorlog tast Johanna aan, en zodra de ziekte haar moeder kraakt, breekt Johanna's pantser. Hij slaat in haar gezicht en lijkt zich nu te wreken voor haar lange onverschilligheid. Ze klaagt niet tegen Martha, ze geeft haar moed. De moed die ze nu zelf al snel niet meer voldoende heeft. Alleen in huis toont ze zich nog even onvermoeibaar.

En plots begint ze weer te pruilen. Als ze weer vadertje en moedertje speelt, laat ze ons zoontje om konijntjes zeuren, zoals ze ooit nog heeft gedaan. Met nog veel meer overtuiging deze keer. Haar spel kan mij niet meer fascineren. Het maakt me bang. Het is geen oefenen voor later, het is pure ernst. Ze wil ons kind. Soms is het er gewoon al voor haar, soms eist ze het meteen. Ze ziet geen enkel argument om nog te wachten. En tegen beter weten in geef ik ten slotte toe. Er is genoeg voor nog een mondje meer. Wat ben ik blij dat ik het zelf geloof.

Johanna wisselt goede dagen af met hele slechte. Als ze vrolijk is, zingt ze de hele tijd en verzet ze bergen werk. Dan valt ze niet te stoppen, al weten we dat onvermijdelijk de omslag volgt. Ze maakt zich druk om kleinigheden en weent zonder duidelijke reden. Als we dan vragen wat er scheelt, weigert ze het uit te leggen. Op slechte dagen komt mijn moeder helpen, en soms kookt ze dan voor ons.

'Ge hebt al hard gewerkt vandaag.'

Op zo een dag heeft ze haar lievelingskostje klaargemaakt.

'Martha zegt dat Joke van worst met appelmoes altijd goed gezind wordt,' zegt ze tegen mij.

Ze roept haar schoondochter, en haar ogen blinken. Ze doet graag mensen een plezier.

'Ik heb haar niet verteld wat ik zou maken.'

Zodra Johanna uit de winkel komt trekt alle kleur weg uit haar gezicht.

'Ik kan niet tegen vette geuren,' zegt ze, en ze spurt naar het toilet.

De dag erna staat ze voor dag en dauw te zingen in de keuken. Ze zegt dat het tijd is om samen naar dokter Verdonck te gaan. Dit keer word ík lijkbleek. De dokter is een goede man, maar we zien hem liever niet de laatste tijd.

'Het is omdat ik denk dat het zo ver is,' zegt Johanna met haar handen op haar buik, 'er zit leven in.'

Ons kindje lijkt Johanna en haar moeder goed te doen van bij het eerste leven. Ze lachen weer om de oorlog en de zorgen. Samen richten ze een kinderkamer in en alle oude babykleertjes worden hersteld, van kraagjes en van verse kant voorzien en aan de nieuwste mode aangepast.

Ik ben stom genoeg om er samen nog een laatste keer volmaakt gelukkig mee te zijn. Maar onze dokter blijft geregeld komen en drukt Martha op het hart zich niet te overdoen.

'En gij moet ook niet overdrijven in uw toestand,' zegt hij tegen Joke.

De zorgelijke blik die hij alleen voor mij bestemt, spreekt boekdelen.

'Soms kunnen vrouwen lelijk doen als ze een kind verwachten.'

Lelijk wordt het pas na een paar maanden. Martha is hervallen en komt niet meer uit bed. Johanna blijft bij haar. Dicht bij haar, veel te dicht. Ze kruipt de hele dag bij haar in bed en wil dat Martha voor haar zingt. Ze zuigt vaak op haar duim en neuriet mee. Ze scheldt me uit als ik er iets over zeg en zegt dat ik jaloers ben. Thuis slaapt ze niet. Ze is bang van mij en bang om dood te gaan, en ze doolt hele nachten rond. Bij mijn ouders komen we nog nauwelijks.

Af en toe gaat het beter. Dan helpt Johanna weer in de bakkerij of maakt ze schoon in huis. De prijs is zwaar, ze is nog bozer en verwijt me lelijk als ze moe is. Ik klamp me vast aan onze mooie momenten en aan wat de dokter zei. Ik wil niet zien wat er met Johanna gaande is, en de dokter zegt het niet. Hij weet dat het me veel te bang zou maken. Ze functioneert tenslotte nog, al is het maar als scherven van zichzelf. Ik maak de foto's uit ons mooiste album. Veertig jaar lang zal ik ze elke dag bekijken: mijn mooie mozaïek van scherpe scherven. Mijn jonge vrouw lacht trots. Het lijkt alsof we negen maanden lang genieten van haar zwangerschap. Ze schommelt en toont trots de kinderwagen. Ze verleidt de fotograaf vanachter haar glanzende haar. We vieren feest, de laatste kerstmis samen, de laatste volgehouden leugen.

'Mijn hoofd is leeg,' zegt Joke na dat laatste feest, 'ik kan niet meer, het spijt me.'

Ze gunt me nog een laatste nacht vol tederheid en liefde. Haar laatste lieve ernst put haar volkomen uit.

Op de begrafenis van Martha is Johanna er al niet meer bij. Haar angsten en haar boosheid komen enkel nog bij haar familie op de hei een beetje tot bedaren. Ze mag er gaan logeren, zo vaak ze wil, en op een dag vertrekt ze om nooit meer weer te keren.

'Wat erg,' is alles wat ze zegt als we voorzichtig zeggen dat haar moeder nooit meer mee zal komen.

'Het is beter dat ze ginder blijft,' zegt onze dokter als we vragen of Johanna mee naar 't kerkhof kan.

19

De bakker is mijn bondgenoot, en zelfs meer dan dat. Ik vraag me af wat ik fout heb gedaan, ik had zijn dochter graag gelukkig willen maken. Maar hij schijnt mij helemaal niets te verwijten. Zonder het te zeggen heeft hij mij al doende tot zijn zoon gepromoveerd.

Bij de begrafenis van zijn vrouw neem ik de plaats in van Johanna.

'Ik wil dat ge erbij zijt,' zegt hij, als ik voorstel om na de mis de winkel te gaan opendoen, 'de mensen zullen vandaag elders wel aan hun gerief geraken.'

We zullen het ook voelen in de omzet, maar daar zwijg ik over. We lopen samen vooraan in de rouwstoet. Op het kerkhof wil hij ook dat ik bij hem blijf. Verder doet hij dwaas zijn plicht. Wie hem niet kent zou hem van onverschilligheid verdenken. Na de koffietafel blijf ik tot het laatst en breng ik hem naar huis. Daar schenkt hij mij een druppel in en giet er zelf twee achterover. Dan bedankt hij mij.

'Ga maar naar huis, jongen, 't wordt laat. Ge moet ook aan uw gezondheid denken.'

Sindsdien vraagt hij mijn mening over alles wat hij moet beslissen, en hij vloekt en sakkert in mijn bijzijn. Als hij mij 'jongen' noemt, weet ik dat er goede raad zal volgen, of dat hij kritiek wil geven zonder mij te krenken.

Tegen de middag komen Elza of mijn ouders om een brood. Ze weten waar ze mij moeten vinden om mij ook nog eens te zien. Ik kom niet veel meer op bezoek. Gelukkig maken ze mij daarover geen verwijten.

Elke zondag, na de middag, als we alle klanten hebben bediend, nodigt hij mij uit voor een koffie en een borrel. Hij leest dan zijn gazet, ik luister naar de radio. We kunnen samen heel goed zwijgen over de dingen waarover we niet kunnen spreken. Heel af en toe maakt hij een opmerking: 'Ze schrijven toch alleen maar wat de Duitsers willen lezen', of 'Dat oostfront is een vuile zaak.' Dan weet ik dat hij zich zorgen maakt. En meestal gaat het niet over de dingen die hij zegt, maar over wat er in zijn hoofd blijft spoken.

'Ik weet het,' zeg ik dan, 'maar we laten ons niet kisten.'

Hij weet wel dat ik dan bedoel dat hij er nooit alleen voor zal staan. Als hij al eens naar foto's kijkt, dan is het op dat moment: zijn trouwfoto, het prentje van begrafenissen, zijn dochter en het kindje in haar buik. Ik vind het altijd een beloning als hij enthousiast wordt en mij dan steeds weer op dezelfde dingen wijst. Zijn anekdotes en bedenkingen: ik raak ze echt niet beu. Het is een metronoom die wiegt en koestert.

* * *

Ik eet een boterham, en vraag of ik voor hem ook wat brood moet snijden. Ik weet dat dat gevoelig ligt, dat was het werk van Martha. Daarna kleed ik me om, om naar de hei te gaan. Mijn schoonvader gaat zelden mee.

'Doe ze de groeten, en zeg dat het voor de volgende keer zal zijn,' zegt hij.

Hij weet dat het ook de volgende keer een worsteling zal zijn om mee te gaan, en dat hij daar geen zin in heeft.

20

Ons Bertje wordt gehaald met de keizersnee. Ik neem hem mee naar Mortsel, om Joke rust te gunnen. Ik zie wel dat ze Bertje vies en vreemd vindt, maar het zal nu wel snel in orde komen. Ze is nu ver van alle angst en aan de terreur van zwangerschapshormonen zal nu wel snel een einde komen. Ik houd haar dikwijls stiekem in het oog en ik zie de eerste tekenen van herstel: ze staat weer rustig voor de grote spiegel en ze betast haar lege buik, die even mooi en plat als vroeger belooft te worden.

* * *

Mijn thuiskomst is er een om in te lijsten. Mijn hele jeugd zit thuis op mij te wachten.

'Wij zijn er ook nog,' zegt mijn vader heel beslist.

Elza vindt dat ook, en met de hand van moeder op haar schoot zegt ze meteen dat er goed voor Bertje gezorgd zal worden.

'Dat ventje heeft een moeder nodig, en zolang Johanna niet terug is zijn wij er om te helpen.'

Mijn lieve zusje heeft een hart van goud en ze bedoelt het goed. Ze zegt precies wat moeder horen wil, en wat haar meisjeshart haar ingefluisterd heeft.

Ze is dan al meid en poetsvrouw tegen wil en dank. Ze werkt in de kantine van de Erla, een fabriek. Er worden Duitse vliegtuigen gerepareerd en dat heeft in de oorlog voorrang. Ze is opgeëist: verplicht tewerkgesteld. En toch moet en zal ze 's nachts ook nog op Bertje passen. Ze is zo koppig als een ezel als ze vindt dat ze een goede reden heeft.

'Ons moeder is daar veel te moe voor als ze klaar is met haar werk en met haar huishouden.'

Mijn moeder kan dat niet tegenspreken. Ze is huishoudster bij mensen die rijk en schaamteloos genoeg zijn om haar een aalmoes te betalen. Het is niet voor het geld, maar zo ontsnapt ze aan de arbeidsdienst, waar iedereen zo bang voor is. Voor haar baas en haar bazin is dat geen reden om haar te ontzien. Ze moet net zo goed hard werken, zonder klagen.

'Ik zal wel helpen als het nodig is,' stelt ze mijn zus gerust.

Ze hoopt mij zo te overtuigen om het aan te nemen. Moeilijk is dat niet, ik heb geen keuze.

'En vaders moeten werken voor de kost, René.'

Mijn vader weet niet wat hij anders nog zou kunnen zeggen, maar hij wil, in naam van alle vaders, ook zijn duit in 't zakje doen.

's Nachts ben ik bakker bij de bompa van mijn zoon. Ik ben alles wat hij overhoudt. Hij is kapot van rouw en kan mij niet meer missen. En toch ben ik er zeker van dat Bertje veel aan hem zal hebben. Voor we 's zondags naar zijn moeder op de hei vertrekken, brengt Elza Bertje naar de bakkerij. Bompa is niet happig om zijn kleinzoon op te pakken. Hij is nooit goed geweest met baby's. Dat zei Martha altijd, en hij zou haar nooit tegenspreken, maar als hij naar hem kijkt ontspant elk spiertje van zijn gezicht. Ik merk hoezeer hij op zijn vrouw kan lijken. Hij heeft de vreemde gewoonte aangenomen om zijn pet af te nemen als hij in het wiegje kijkt. Mijn ouders weten hoe gezond die ogenblikken zijn, en staan ons 's zondags af aan hun vriend en aan zijn dochter op de hei.

Maar alle andere dagen staan ze erop om Bertje te bemoederen, zelfs als ik niet moet werken. Ik mag het ze niet aandoen om die last op mij te nemen. Hij krijgt alvast een tante en een oma uit de duizend.

Zijn opa weet dat ook en ziet het graag gebeuren.

'Allez, dat is dan afgesproken,' merkt hij op. En met een beving in zijn stem: 'Dat moet toch wel beklonken worden zeker.'

Hij deelt met mij zijn laatste bockbier en de vrouwen drinken elixir.

'Kunt ge niet eerst uw handen wassen,' zegt mijn moeder.

Haar eeuwig kijven doet mijn vader soms heel veel deugd.

$$* * *$$

Die avond neem ik mee doorheen de maanden die nu komen. We denken dat het zware dagen zijn, omdat we niet weten wat er nog zal volgen. Mijn moeder gaat uit werken, Elza tracht er het beste van te maken op de Erla, en ik ben even waar ik voor geboren ben: ik ben bakker in dit overgroeide dorp, en ik ben niet alleen. De oude bakker en mijn ouders zijn mijn lotgenoten.

Joke wordt niet beter. Een kind ter wereld brengen vraagt soms veel van jonge moeders. Dat komt vaker voor. We doen ons best om haar te sparen waar we kunnen, zoals de dokter aanraadt. Iedereen doet zijn best, we klagen niet en zijn in stilte steeds meer ongerust. Zelfs een beetje ongelukkig zijn kan deugd doen, als het maar samen is.

Waren die dagen maar gebleven wat ze waren.

21

Elza houdt het vol. Helemaal tot het einde, die maandag in april van drieënveertig. Eigenlijk is ze veel te jong om al een kind te hebben, maar ze is de beste moeder van heel Mortsel.

De jongen die op weg is om haar lief te worden moet het stellen met gestolen ogenblikken op het werk. Hij werkt er aan de testbank voor motoren: een gast met een goed stel hersens onder een opvallend schedeldak. Zijn haar is donkerzwart, zijn huid gebasaneerd, zijn ogen donkerbruin. Elza raakt niet uitverteld als ze over hem vertelt. Ze is er zeker van dat hij een verre nazaat is van een verdwaalde Spaanse edelman. Hij heeft een raar accent en spreekt veel te luid, omdat het loeien van motoren zijn gehoor beschadigd heeft. Ze hebben hem van aan de andere kant van het land gehaald om hier te werken.

* * *

Zijn liefde voor mijn zus wordt hem fataal. Als de fabriek getroffen wordt door de weinige bommen die hun echte doel bereiken, loopt hij waar hij niet moet lopen. Hij vindt altijd wel een reden om naar hal één te gaan. De kantine ligt ernaast, en hij hoopt steeds haar daar te zien. In stilte hoopt hij zelfs op meer. Dat mag, ze heeft hem redenen genoeg gegeven. Zijn dagelijkse uitstap komt hem duur te staan. Hij zal het zich niet meer kunnen beklagen.

Elza ziet haar Jean die dag niet eens, omdat ze aan de achterkant moet helpen dweilen. Het lukt haar niet om klaar te zijn tegen de tijd dat hij misschien passeert. Ze staat te vloeken en te hopen dat alles morgen beter gaat.

Ik ken de streken van een heimelijke liefde. Ik had haar graag gewaarschuwd en met haar gelachen om de dwaasheid van zo'n misgelopen rendez-vous. Ik weet er alles van. Maar over die anekdotes zullen we ons nooit meer onbekommerd vrolijk kunnen maken. Het lot verandert ze in drama's. We kunnen er daarna alleen nog over zwijgen. En dat zullen we elkaar gunnen tot het einde toe.

De hel breekt uit, en Elza vlucht over het achterplein. Het ligt al snel bezaaid met de afgebroken hakken van de vluchtende kantinemeisjes, die haar in paniek passeren. Haar hakken breken niet. Ze heeft geen haast om naar de goede kant te vluchten. Haar hart is bij de kant waar Jean zou moeten zijn. Ze wil toch niet alleen achter blijven, nu alles eigenlijk nog moet beginnen?

Ze zoekt hem naderhand nog lang, maar ze zal hem nooit meer vinden. De eerste dagen ziet ze daar een reden in om nog een beetje hoop te hebben. Ze wil alle lijken van de fabriek bekijken in de hoop hem niet te vinden: een voor een, grondig. Twee of drie keer zelfs, tot ze zeker is: hij ligt niet opgebaard bij hen om wie men onherroepelijk moet rouwen. Haar hele leven zal ze blijven dromen van de gruwel die ze moet doorstaan om nog even valse hoop te koesteren. Maar voor al die moed koopt ze enkel een illusie.

Ze zal er nooit veel over zeggen, zeker niet aan mij. Ze vindt dat ik genoeg heb aan mijn eigen spoken.

Ze weet niet meer hoe lang ze koortsig blijft geloven dat hij ronddoolt om te helpen, of om terug te keren naar zijn thuis en zijn familie. Maar het is niet vol te houden. Ze hoort niets meer van hem en langzaam dringt het tot haar door dat niet iedereen weer opduikt. Niet de levenden, maar ook niet de doden. Het puin van de fabriek, tussen hal één en de kantine, is plots een urne voor Jean en voor zoveel van de mannen die ze kende. Het wordt snel en genadeloos geruimd. Dat moet ze wel begrijpen.

Ze moet alles begrijpen, en zo mag ze niemand iets verwijten. De bezetter helpt, de bommen van de bondgenoten hebben haar neefje en haar lief gedood. Mijn zus snikt al haar woede weg, en blijft achter met alleen verdriet en een vlijmscherp verlangen naar herinneringen.

Zodra ze toegeeft aan de wetenschap dat Jean er niet meer is, dringt ook de leegte tot haar door. Ze lacht absurd en dwaas. Ze wilde voor Bertje zorgen, want dat had ze mij en onze ouders toch beloofd. Voor de liefde was nog tijd genoeg. Die kon zolang wel wachten. Nu is ze alles kwijt: haar toekomst en de reden om die uit te stellen. De liefde heeft haar wreed bedrogen.

* * *

De testbank voor motoren buldert al de dag erna opnieuw. De toekomst is begonnen, maar Elza zal een beetje achterblijven.

Ze heeft geen zin om nog verliefd te worden, maar de liefde kruist nog wel haar pad. De liefde van de jonge apotheker. Hij is plots in staat het meisje van de buren te vergeten dat in zijn armen stierf. Ook zij was toevallig op de foute plaats toen de bommen vielen. Hij heeft haar nog uit de ingestorte kelder van haar huis gehaald. 'Ik heb je altijd graag gezien.' Ze heeft nog geprobeerd om meer te zeggen, maar het lukte niet.

Pas sinds Elza dagelijks bij hem haar pillen vraagt, kan hij beginnen met vergeten. Ze spreekt en kijkt en twijfelt zoals zijn meisje deed. Ze kan het ook niet helpen. De apotheker vraagt of ze met hem wil trouwen. Ze laat het maar gebeuren, want hij meent het, en hij is ontwapenend. Daar kan zelfs Elza weer wat van genieten. Na Jean en Bertje is hij het beste wat haar nog kan gebeuren. Kinderen komen er niet meer. Niemand stelt er vragen over, al blijft mijn moeder nog jaren hopen. Ze heeft de moed het allemaal te aanvaarden, en er zelfs tevreden mee te zijn.

Dat heb ik nooit willen begrijpen. Ik heb mijn schoonbroer er nog van verdacht om doelbewust het medeleven van mijn zus te bespelen en dat voor liefde door te laten gaan. Ik heb hem nooit gemogen. Hij heeft mijn zus ertoe verleid om los te laten, en om te vergeten wat voor mij de ware liefde is.

Maar Elza had het recht om zo haar lot nog zin te geven. Haar lijden was er niet minder en niet valser om. Het was alleen een beetje minder zichtbaar, en dat was wat ze wilde. We hadden zoveel kunnen delen, en ik heb het niet gezien.

22

Mijn vader blijft heel zijn leven hardnekkig willen dat ik bakker word. Dat is zo sinds de komst van Joke en ons Bertje, en zelfs meer nog nu ze er niet meer zijn. Het zal nooit overgaan. Zolang mijn schoonvader er nog is, zijn we het eens. Ik blijf natuurlijk bij hem werken. Dat heeft hij wel verdiend, zeker nadat hij zijn vrouw, en eigenlijk ook zijn dochter heeft verloren. Mijn vader vindt dat ook, hij kent zijn plicht, al is hij de eerste die laat horen dat ik mijn thuis niet moet vergeten.

'Hij heeft tenslotte veel voor ons en zijn gezin gedaan, en 't is zijn schuld niet dat het zo moeilijk is gelopen.'

Maar mijn vader wil vooral niet dat ik, zoals hij, voor de gemeente zou gaan werken. Hij wil dat zijn kinderen vooruitgaan in het leven.

'Ze moeten opkijken naar u, René.'

Zelf kijkt hij op naar mensen met een eigen zaak en met handen aan hun lijf. Mijn moeder geeft hem groot gelijk.

Maar dat is voor de bommen en de doden. Ze is niet onverdeeld gelukkig als Elza jaren later met de apotheker trouwt. Op de trouwdag van mijn zus bedenkt ze, net als ik, dat vliegtuigingenieurs, zoals die jongen uit de Erla, ook wel goed hun kost verdienen. En kinderen, dat schept een band voor heel het leven. Het is alles wat ze zegt, maar het is duidelijk genoeg.

Over Joke zegt ze niets. Mijn moeder weet niet of het goed is over haar te spreken, en laat de keuze aan mij over. Ik zwijg. Ze weet het wel. Ik ben getrouwd, maar met een leeg en mooi omhulsel.

In het instituut voor geesteszieken is patiënt Johanna Sestig niemand meer, tenzij voor mij. Ik hoop nog in stilte haar weer te vinden. Ik ben de enige. De behandelende arts houdt het op kalmeringspillen, relaxatie en af en toe langdurig baden. 'Madammetje is deze week heel wijs geweest.' Dat is het liefste wat hij zegt. Het is voor hem en voor het verplegend personeel de grootste reden tot voldoening. Ik vind die man en zijn kliniek een gruwel.

* * *

'En hoe zit het met u, René, gaat gij nu echt op 't kerkhof blijven werken?'

Mijn vader kan het weer niet laten. Op elke grote dag in de familie tracht hij mij zover te krijgen dat ik weer ga bakken. Het stoort mij zelfs niet meer. Zijn woorden glijden van mij af als water op een eend. Ik heb nu eenmaal mijn manier om met mijn spoken om te gaan. Ik heb me vastgeklonken aan het verleden. Als er voor mij geen toekomst is met Joke en met Bertje, dan ook niet zonder hen. Ik zou het ontrouw vinden.

'Begin niet, pa. 't Is goed geweest.'

Ik weet niets beters te verzinnen om hem stil te leggen. Ik heb er helemaal geen zin meer in, en het is onbegonnen werk het uit te willen leggen.

De nieuwe bakker is er een die brood gezien heeft in de grond en de ruïnes na de oorlog. Hij bouwt een zaak die mooier, groter en moderner is dan de bruine toog van mijn schoonvader en de verbouwde voorruit die zijn etalage was. Hij werkt met personeel in schorten, en bakt wel tien verschillende soorten brood. Op zijn broodzakken heeft hij het oude gemeentehuis laten drukken. Hij kent er de geschiedenis niet van, maar zijn klanten vinden het wel wat. Ze zijn erdoor gefascineerd, en het geeft hen iets om aan te denken bij de boterhammen. Dat is tenslotte goed voor de verkoop. Eerst maakt het me kwaad, maar hij heeft me niets misdaan. De nieuwe bakkerij verdwijnt in het nieuwe straatbeeld. Heel Mortsel went eraan, en ik ten slotte ook. Mortsel wordt ook voor deze bakker, net zoals voor velen, een nieuwe thuis.

Hij lacht mijn vader net niet uit als hij zijn zoon komt presenteren. Zijn personeel voldoet en is volledig mee met de moderne tijd. Hij kent het droeve lot van zijn voorganger uit de verhalen van zijn klanten, maar hij heeft de oude bakker nooit gekend.

Ik ben dan al veel te lang de grafdelver van dienst. Zelfs de oude klanten van mijn schoonvader weten amper wie ik ben. In de winkel heb ik nooit gestaan, en in de bakkerij kwam niemand die er niet moest zijn. Na de oorlog hebben de mensen puin geruimd, ook in hun geheugen. Ze zouden door mij hun brood niet willen laten bakken, en aan zwart zemelenbrood worden ze liever niet herinnerd.

Het vooroorlogse gemeentehuis wordt later afgebroken, en uiteindelijk sluit ook de nieuwe bakker weer zijn deuren. Hij is weg zodra hij zich van een mooie toekomst in de stad verzekerd heeft.

Het laat mij allemaal steenkoud. Ik haal mijn brood intussen, zoals iedereen, bij de supermarkt. Mijn vader blijft eronder lijden, maar hij blijft ook verbeten dromen.

'Ge spaart toch nog, René? Ik heb ook nog altijd wat opzij staan op de bank, voor u en voor ons Elza. Als ik er morgen niet meer ben, dan weet ge wat ik wil dat ge ermee doet.'

Het valt mij op hoe oud hij klinkt als hij dat weer zegt.

Mijn moeder bemoeit er zich alleen mee als ze ziet dat ik te moe word voor zijn enthousiasme: 'Laat hem maar doen. Hij weet wel wat hij wil. De kinderen zijn oud en wijs genoeg.'

23

Ik trek meestal op tijd mijn jas aan. Voor de dwingende suggesties van mijn vader me te veel worden. Deze keer geeft de voordeur niet op straat uit. Langs daar stap ik weer de tunnel in, waar ik mijn gids achtergelaten heb. Ik weet nu wie hij is. Het is Bertje, opgegroeid in mijn gedachten. Hij kan er alles door mijn ogen zien. Hij is de operator van de film waarin ik speel. Hij zoomt in. We zijn weer aan de andere kant van mijn jeugd. De drempel van mijn eigen leven, en nu al zonder mijn Johanna. Mijn hoofd wordt zwaar en pijnlijk. Ik voel me ziek en hoor het water klotsen in mijn bad.

'Ik moet terug,' zeg ik, nu het leven mij weer wenkt.

Maar Bertje zegt dat het daar nog te vroeg voor is. Eerst moeten we samen nog door heel wat jaren.

'Het loont de moeite niet, 't zijn lege jaren, laat mij nu maar teruggaan. Alleen om wat dingen af te maken.' Mijn hoofdpijn spoelt weer langzaam weg, en Bertje antwoordt niet. Het is niet nodig. Hij kijkt verlangend en nieuwsgierig naar de jaren die ik liever niet opnieuw beleef. Ik kan die jongen niets ontzeggen en ik volg. Hij wil naar bompa, opa, oma, tante Elza en zijn mama.

Ik keer samen met mijn zus terug naar Mortsel. Ze wil er Jean gaan zoeken, en blijft hoopvol dolen tussen de verwoesting in de buurt van de fabriek. Ze gaat helpen waar ze kan.

Mijn huis ligt aan de andere kant, net niet voorbij het rampgebied. Het staat er nog: het eerste huis in onze straat, dat schijnbaar ongeschonden is ontkomen aan de razernij. Ik schaam me dood: het mist alleen wat ramen. De scheuren en de barsten zie ik amper. Aan de andere kant van de straat smeulen de puinhopen van wat ooit het huis van onze overburen was. Ik heb mijn deur opengelaten in mijn dwaze vlucht. En toch hebben de buren niet bij mij geslapen. Ze zitten in een hoekje van hun keuken dat ze hebben vrijgemaakt. De vloer van de verdieping hoger is daar nog een beetje blijven hangen en ze hebben er een kast, matrassen, kleren en wat huisraad kunnen redden. Het is ze aan te zien dat ze daar blij mee zijn. Ze klagen niet, het is tenminste weer een nieuw begin. Ze waren allemaal uit huis toen gisteren de bommen vielen. Ze zitten druk en opgewonden te vertellen, want vandaag is iedereen gaan helpen. Ze vallen stil als ze mij zien. Ik heb niet in een zak gelopen, toen ik gevlucht ben met ons Bertje in mijn armen.

'Waarom hebben jullie niet bij mij geslapen?' vraag ik om hun stille medelijden niet te voelen.

'Merci, René, dat is schoon van u,' zegt Louis.

'René, jong, 't spijt ons, echt het spijt ons,' zegt zijn vrouw, Elvire.

Ze staat te prutsen aan een handdoek en ze weet niet waar te kijken. Ik draai mij om en loop mijn huis in zonder nog te kijken. Dat is voor iedereen het beste.

Hier staat de wereld stil, hoewel er, op wat leeggeroofde kasten na, schijnbaar niets veranderd is. Ik zou er goud voor geven om aan de overkant met Bert en Joke in het puin te mogen wonen.

's Nachts komt er niemand slapen. Het regent en het waait. Ik ben bang om in mijn eigen bed te kruipen. Joke ligt al lang niet meer bij mij, maar zo leeg en eenzaam is ons tweepersoonsbed nooit geweest. Ik heb het gevoel heb dat ik stik en gooi het raam volledig open. De lucht heeft nooit zo vies gestonken. Hij zit vol met de verbrande resten van de laatste dag en ruikt nog steeds naar as en gruis. Ik ruik leegte, stof, brand, verrotting en vernieling, en ik weet niet hoe dit ooit moet overgaan. Zelfs in mijn bed kan ik het allemaal geen ogenblik vergeten.

In de halfverwoeste straten bestaat de tijd voor sommigen niet meer. Het radeloze zoeken, het plunderen en bewaken, het waken, het verzorgen en bevrijden, het rouwen, het sterven en het dwaas verdriet gaan onverminderd door. Ze kennen dag noch uur. Stemmen klinken ijl en stappen galmen 's nachts veel meer en akeliger dan overdag. Loshangende ramen klapperen bij elke windstoot en hier en daar waait er een ruit kapot. Glas klettert, kapotte muren vallen met een zware, doffe plof op straat. Ik ben al blij als er geen ijselijke kreten volgen.

Tegen de ochtend wordt het rustig, en tussen slaap en waken begin ik voor het eerst weer aan mijn werk te denken. Dat is geleden van die keer dat Bertje en ons kuiken mij uit mijn slaap gehouden hebben.

De vader van Johanna begon er juist wat door te komen. Na de dood van zijn vrouw had hij zich afzijdig gehouden, maar sinds enkele weken kwam hij weer buiten. Ik had hem kort geleden kunnen overhalen om met mij naar een voetbal- match te gaan. Die dag was hij erin geslaagd om even weer zichzelf te zijn. Hij maakte een babbeltje met al de klanten die we tegenkwamen. Op de tribune had hij oude dametjes er- voor trachten te behoeden om op een vuile stoel te gaan zit- ten. Onvermoeibaar, goedbedoeld, maar o zo bemoeizuchtig. Ik was blij geweest toen er eindelijk eentje 'foert' gezegd had, en ging zitten waar hij dat vooral niet wilde. 'Een mens pro- beert dan al eens goed te doen.'

Ik ben opeens klaarwakker. Onze bakkerij ligt vlak bij de fabriek. Mijn schoonpa heb ik al twee dagen niet gezien.

24

Aan de kant waar ik de bakkerij verwacht heerst een gespan- nen drukte. Er is geen straat meer, en baksteenresten, brok- ken mortel, balken en vermorzeld huisraad zijn op hoge ho- pen opgestapeld. Op de plaats waar het bakkersatelier gestaan heeft, zijn mensen heel druk bezig om de laatste lagen puin te ruimen. De zware deuren van de oven liggen onbeschadigd bovenaan.

'Zoudt ge niet gaan helpen, vriend, het komt er daar op aan,' zegt een oud moedertje dat zelf een emmertje met gruis en spaanders sleept.

Ik ben kapot van wat ik al vermoed, en ga dan maar op

't einde van een ketting staan. Er worden emmers doorgegeven. Het maakt alleen de rij wat langer. Toch knikt de dodelijk
vermoeide man op het einde van de rij. Hij kan nog net voldoende adem halen om 'merci' te zuchten en de emmers naar
mij toe te laten zwaaien. Meer echte dankbaarheid kan één
woord niet bevatten. Hij wijst waar ik ze leeg moet gieten. Nauwelijks twee emmers later roept een man dat iedereen moet
zwijgen.

'Ik hoor hem,' zegt hij, 'hij probeert te spreken, maar ik
versta hem niet.'

Ik verlaat de rij, en omdat mij dat op boze blikken komt te
staan, geef ik uitleg.

'Ik werk hier, ik denk dat het mijn schoonpa is.'

Niemand anders zegt een woord, dus ik hoef het niet te
roepen. De dikke kring van mensen, die rond de reddings-
actie samen zijn gedrumd, wijkt bij elke pas die ik nader en
sluit zich achter mij opnieuw. De voorste mannen zitten op
hun knieën met één oor bijna op het gruis. Ze fronsen van het
ingespannen speuren naar geluid en kijken mij verwijtend aan.
Ze hebben zo intens geluisterd dat ze als enigen niet snappen
wat ik hier kom doen. Mijn stappen kraken op het gruis.

'Laat hem maar, het is zijn schoonzoon. Het is René.'

Aan een driepikkel hebben ze een takel opgehangen. In de
betonnen vloer is met veel moeite een klein gat gekapt met
veel te kleine hamers. Net voldoende om de takel aan een be-
kistingsijzer vast te maken. De vloer, waarvan ik nu eindelijk
de blauw-met-witte tegels kan herkennen, is net voldoende
opgetild om een spleetje naar de kelder vrij te maken.

'Pa, zit gij daar?'

'René, eindelijk, jongen toch.'

'Pa, dat is straks al twee volle dagen, ik had hier vroeger
moeten zijn.'

''t Is niks, ik ben content dat ik u nog eens hoor.'

'Het komt goed. Nog een beetje geduld en we trekken u hier uit.'

'Mijn voeten, ik voel mijn voeten al niet meer. En ik ben nat.'

De waterleiding is gesprongen en ik hoor het water spuiten.

'Haast u, hij verzuipt,' roep ik naar de onnozele gezichten in de kring van mensen.

Niemand reageert.

Een van de mannen op zijn knieën legt zijn hand op mijn schouder: 'Ik denk dat we te laat zijn. Hij valt geregeld van zijn zelven. 't Is beter dat ge afscheid neemt.'

'Pa, ge moogt niet opgeven, pa, ademen en spreken zeg ik u.'

Ik trek en krab als een bezetene aan alles wat ik vastkrijg, en mijn nagels breken.

'Merci René, 't heeft niet aan u gelegen, jongen.'

'Pa, ik...'

Hij kreunt, een ingespannen kreet achter op elkaar geperste tanden. Uit de donkere diepte in de kelder duikt een hand op. Drie vingers knikken, hij zwaait zoals een kind dat doet.

'Laat mij maar naar ons Martha gaan. Ge hebt uw eigen ouders nog, 't zijn goeie mensen. En... Bertje heeft u nodig.'

'Ons Bertje, pa...'

'Zorg goed voor Bertje. Geef hem nog een dikke pol van zijnen bompa.'

'Ge moogt gerust zijn, pa.'

Het water staat bijna tot boven. Gelukkig valt mijn schoonvader net op tijd een laatste keer in zwijm.

Ik kan mij nog bedwingen tot hij niet meer ademt, voor ik God vervloek en roep dat hij een smeerlap is. Ik stort mij op de takel en begin er als bezeten aan te draaien. Ze weten dat het touw moet breken. Niemand houdt mij tegen. Als de hele boel begeeft, bedaart mijn woede en slaan de onmacht en ellende mij in het gezicht.

Ik draai mij om, en weer laat iedereen mij door. Ik loop tot ik de straat uit ben, en laat mijn tranen dan de vrije loop. Ik hoor niets, zie niets en ik voel niets meer. Ik strompel en zoek steun aan de gevels die nog overeind staan. Niemand die daarvan opkijkt, ik ben de eerste niet vandaag. Ik kan alleen een foto zoeken om er de laatste zoen van bompa op te geven. De dikke pol zal ik nooit meer kunnen geven. Mijn belofte was een laffe leugen. Ik berg de foto op, en draai mij om, als een Judas na de kus.

25

'Voorlopig zal dat wel het beste zijn,' zegt mijn vader, 'kom dan maar mee. Maar doe deze keer uw deur dicht.'

Voorlopig, het beste? Een mens zegt in zijn leven weinig dingen die hij zich achteraf zo zal beklagen.

Hij werkt nog altijd voor de gemeente, maar voor deze opdracht is hij echt te oud geworden. Alle straatwerkers, hoveniers, techniekers en ander gemeentepersoneel: iedereen is al dagen puin aan het ruimen, en tracht de straten vrij te maken. De doden en de afgerukte stukken mens zijn gewoon opzij gelegd, tegen de gevels. Alles wat kan dienen om ze weg te stoppen is ervoor gestapeld: deuren, potten, pannen, kasten, gordijnen en een poppenkast. Maar het is al woensdag, en Mortsel begint te stinken naar de dood. Het wordt tijd om het onbegonnen afscheid te beginnen. De ziekenhuizen, klassen en gemeenteloodsen puilen uit, ze zijn voor betere din-gen nodig. De begrafenis van al die openbare lijken moet nu snel voorbij zijn, voor de eerste vlaag waanzinnig lijden afge-reageerd is, en de collectieve kater iedereen verlamt. Overmor-gen willen ze dat doen. Het afscheid nemen moet weer men-sen maken van ontmenselijkte resten van geliefden. Eerst moeten ze weer namen krijgen, al is het maar om op een hou-ten kruis te schrijven. Al wie een naam heeft is een mens, en heeft geleefd, geleden en bemind. Identificatie is het woord dat men voor dit titanenwerk bedacht heeft. Er moet nog dag en nacht gewerkt worden om dat, waar mogelijk, gedaan te krijgen. We gunnen het aan elke dode die we zo kunnen be-graven, en niemand telt de uren.

Maar mijn pa is flauwgevallen. Hij had een overschotje soep gekregen van een jongen die voor Winterhulp op pad was. Hij was gaan zitten op een omgevallen muur, en was geveld zo-dra hij de vermoeidheid voelde. Ze hebben hem naar mijn huis gebracht, op aanwijzen van Louis van aan de overkant, die daar toevallig aan het helpen was. Zijn overall en zijn gemeentepet hebben ze op een stoel gelegd, en vader hebben ze, in zijn onderbroek en hemd, op de zetel laten liggen. Zo vind ik hem, tijdens een middagpauze.

'Ik heb gezegd dat ge wel zoudt komen, en dat ze verder moesten werken. Ik moet gewoon een beetje rusten, al is het daar de tijd niet voor.'

Zijn woorden zijn maar amper uitgesproken of hij krab-belt recht. Tegen de tijd dat ik terug ben met wat notenkoffie, heeft hij zijn kiel weer bijna aan.

'Een beetje kijken of ze 't goed doen kan geen kwaad. Veel werken ga ik vandaag wel niet meer doen. Ze gaan dat wel verstaan.'

Ik ruk kwaad zijn werkpet uit zijn handen: 'Gij gaat mij

zeggen wat er moet gebeuren, en zelf steekt ge geen poot meer uit, verstaan?'

'Voorlopig zal dat wel het beste zijn.'

En zo ben ik dus met hem meegegaan. Hij heeft er uiteindelijk mee ingestemd dat ik voor de gemeente werk. Het is niet moeilijk om daar werk te vinden, en bakker kan ik niet meer zijn.

Mijn vader krijgt werk dat niet zijn lichaam, maar zijn hart zal breken. Hij begeleidt de moeders en de vaders die in de school hun dode kinderen moeten herkennen. Hij doet zijn werk met overgave en met bakken medeleven, zoals hij alles doet. Op de ruwe kisten van de kinderen hebben ze een schoen, een jas, een boekentas, een pet, een pop gelegd. Hij blijft verdragen hoe de mensen breken als ze de spullen van hun kind herkennen. Dan weigeren ze te geloven dat die houten bak hun vlees en bloed bevat, en willen ze die openmaken. Mijn pa weigert, want dat moet, maar hij vindt het heel normaal dat hij dan hysterische verwijten krijgt. Pas jaren later zal hij van de dokter pilletjes krijgen tegen kwade dromen. Hij zal ze nooit aan ons vertellen, alleen mijn moeder kende ze. Een keer vraag ik haar ernaar.

'Hij kan het niet vergeten,' zegt ze dan, 'meer kan ik daar niet over zeggen. Dat moet hij zelf maar doen.'

Hij doet het nooit. Maar nadat hij één dag identificaties begeleid heeft, trekt hij wel al zijn conclusie en hij zegt wat hij tot op het einde zal herhalen: 'Als ge zoiets overleeft, heeft dat een reden. Ge moet uw dromen niet vergeten, dat is uw verdomde plicht.'

Ik weet natuurlijk wel wat hij bedoelt. Hij zegt dat ik een bakker ben, en wil dat ik dat niet vergeet. Voor mij is dat verhaal gestorven in de kelder van de oude bakkerij. Hij vindt dat ik beschaamd zou moeten zijn.

26

Het is meteen al duidelijk wat ik voortaan zal doen. De eerste graven moeten snel gedolven worden. Twee dagen is te kort om er genoeg te graven. Daarom moeten we lange voren graven, schouder aan schouder, in een lange rij. Eén lange put, over de hele lengte van de akker die een erepark zal worden. En dan een volgende, niet eens de breedte van een grindpad verderop. Een massagraf, al mag het zo niet heten. Ik ben de jongste en de fanatiekste graver. Elke dode moet en zal een eigen rustplaats krijgen, ook al is er nauwelijks plaats voor dunne streepjes zand tussen de kisten. Zo krijgen we ten slotte toch nog meer dan twaalf rijen klaar. En nog is dat niet genoeg, ook al begraven we de onbekenden samen. Op de avond voor de uitvaart besluit ik, samen met mijn makkers, dat de rest dan maar moet wachten. Twee dagen ben ik grafdelver, en toch wordt er naar mij geluisterd.

'René, ge hebt ons goed geholpen.'

Het wordt een drukke dag, en zelfs op zulke dagen kan een mens niet werken zonder te slapen.

Die avond en de nacht die volgt trekt eindelijk de vuile, gele lucht wat open, en het regent ook een beetje. Voor de eerste keer sinds het laatste spel van Bertje, is er tijd om stil te vallen en te huilen. En toch bekijk ik haast verwonderd alle lijden in onze gemeente. De straten zijn weer vrij, het ruimen en het redden zijn voorbij. Wie dakloos is heeft zich teruggetrokken in kelders, kloosters en fabriekslokalen. Muziek is overal verboden, wie zich laat zien heeft meestal niets te zeggen. Alles en iedereen is stil, de hele wereld is in rouw. En langzaam dringt het tot mij door dat ik daar deel aan heb: ik ga niet gewoon naar huis na het werk in de bakkerij, Elza zal morgen niet komen met ons Bertje, de bakker ligt opgebaard in mijn huis, en Johanna is ook niet meer thuis.

De laatste dagen was het werk mijn beste vriend. Ik heb me er met al mijn krachten op geworpen. Het heeft mijn lot belet zijn vonnis te voltrekken, en mij een harnas van vergetelheid en troost geboden. Ik heb gewerkt als een bezetene, en niemand heeft begrepen dat ik eigenlijk alleen mezelf erin begraven heb. En dat het morgen nog de zwaarste dag zal zijn, is enkel maar een opluchting. Zolang ik er geen tijd voor heb, kan ik het onrecht dat mij overkomen is beletten om zijn giftig werk te doen onder mijn hersenpan. Ik denk aan morgen, aan het kerkhof, en aan de graven. Het doet me goed. De geur van natte aarde, de grasperken, de treurwilg en het grindpad zijn mij nu al dierbaar. Ik zal de kale ruimte van ons werkkot snel verkiezen boven de eenzame gezelligheid en pijnlijke herinneringen. De begraafplaats is een mooie plek. Ik zou me er willen barricaderen in het verleden. Samen met de katten die er wonen, de vogels die er nestelen, de kinderen die er spelen en de koppels die er graven lezen. Waarom zou ik riskeren om op meer te hopen, als ik in mijn eentje kan genieten van de rust die mij nog rest?

* * *

En trouwens, ik moet Bertje halen. Hij hoort niet in het dodenhuis waar hij ligt opgebaard. Hij is niet een van de duizend anonieme doden, waaraan Mortsel zijn lijden en zijn droefenis zal hangen. Hij krijgt een laatste bed in zijn eigen grond.

Niemand vindt het raar dat ik die avond zo laat nog aan het werk ben in het gemeentemagazijn. Ik ben al officieel een grafdelver geworden, en ik heb de sleutel. Ik laad eerst mijn zoontje op een stootkar. Dan bedek ik hem voorzichtig met een lading hout en gereedschap, om nog wat laatste kisten mee te maken. Ik leg het hem uitvoerig uit en vraag zijn goedkeuring. Meer eerbied is ons in dit slagveld niet gegund.

De patrouilles die het plunderen en ander kwaad moeten beletten laten mij gewillig door.

''t Zijn lange dagen, hé René.'

Thuis geef ik hem een bad en een nachtzoen, voor ik hem naar zijn kamer breng. De kist en de papieren kussens die hij meegekregen heeft, verbrand ik in onze stoof. De hele tijd blijf ik in stilte met hem praten. 'Oppassen voor de vlammetjes, mijn jongen,' zeg ik terwijl ik zelf mijn hand verbrand. Ik moet glimlachen als ik aan de kinderlijke ernst op zijn gezichtje denk. Zo speel ik nog een laatste keer met hem. Hij en zijn bompa worden later pas begraven. Het kan mij niet meer schelen wat ik ervan moet denken. Die discussie zal ik nooit met iemand willen voeren. Niemand moet zich ermee bemoeien. Niet de Duitsers die geholpen hebben, niet de zogenaamde bondgenoten. Ik wil er niet aan denken dat zij die hun dood op hun geweten hebben hen zouden willen groeten.

De dag van de begrafenis stop ik Bertje in zijn mooiste pakje en ik ververs de windsels om zijn hoofd. Geen spatje bloed besmeurt zijn mooie kopje. Ik leg hem proper in zijn eigen bed. 'Tot straks, mijn kleine man, papa is terug zodra het kan.'

Op het gemeenteplein staan, lang voor de lijkstoet arriveert, vrachtwagens en karren opgesteld, waarop de lijkkisten gestapeld zijn. De officiële plechtigheid is opgeëist door de naburige grote stad. In de krant en op de radio wordt Mortsel 'het geteisterde district van Antwerpen' genoemd. Het stoort mij niet, al weet ik dat men ons verdriet gebruikt om slachtoffer te spelen. Geen kat die daar nu aanstoot aan wil nemen.

De stoet komt aan. Wij, de gemeentewerkers, moeten aan de slag. We weten maar al te goed dat we niet tot het einde zullen kunnen blijven. Iedereen weet het, niemand wil de eerste aanzet geven. De beklijvende betovering verlamt al mijn collega's. Ik breek de ban, en vertrek als eerste naar het kerkhof. Ik weet dat Bertje en zijn bompa wachten tot ik weer naar huis kan. Daarom wil ik aan mijn taak beginnen.

En toch kan ik niet ongevoelig blijven bij de golf van troost en welgemeende rouw. Ik aarzel om het te bekennen, maar één beeld vind ik ronduit mooi: achter de koetsen, voorop in de processie, loopt een groepje kinderen. Ze dragen elk een ruiker bloemen voor hun doodgemaakte vriendjes. Enkele juffen volgen moedig, zuster bestuurster kan haar tranen niet bedwingen. Niets kan ons harder confronteren met onze onbeholpenheid. De wonden die geslagen zijn, kunnen alleen de naakte mens in al zijn kwetsbaarheid te kakken zetten. En zo voel ik mij ook: een bescheten stukje mens, met niets dan wonden over heel zijn wezen.

De bisschop, in zijn imposante kleren, is de paus van al dit lijden. Hij mag het onuitsprekelijke zeggen en de absoluten zingen.

'Wat hier is gebeurd, mag nooit vergeten worden.'

Als hij vervolgens met zijn wierookvat begint te zwaaien, zijn wij al lang vertrokken. Wij wandelen, want al wat rijdt of wielen heeft is opgeëist.

Wij halen eerst de haag weg aan het kerkhof. Een gewone ingang is niet groot genoeg. Dan maken we alles, zo goed en zo kwaad als mogelijk, weer proper, en we leggen inderhaast het smalle pad aan, waarlangs de eindeloze rouwstoet de kisten naar het graf zal begeleiden.

Het pleintje voor het kerkhof staat al afgeladen vol met de familie en de buren van de doden. De rest van de dag rijden lijkkoetsen, vrachtwagens en karren af en aan. Een man in een zwart pak neemt telkens weer zijn hoge hoed af, als hij de naam leest van wie afgeladen wordt. Wij dragen elke kist met zijn vieren naar een graf, gevolgd door de familie. Zo gaat het urenlang, tot alle graven vol zijn. We worden moe, maar mogen dat aan niemand laten blijken. Als we de kisten op een zijpad moeten stapelen, wordt er gescholden en geroepen. Het zijn geen manieren, en het is niet eerlijk, zeker niet.

Bij wijze van eerbetoon laten de Duitsers in de namiddag drie vliegers overvliegen. Ik merk aan de gezichten om mij heen dat niet alleen ik dat liever niet had zien gebeuren. Mijn schoonpa en ons Bertje waren hier niet op hun plaats geweest. Daar ben ik nu wel zeker van, en ik ben blij dat ik het anders heb geregeld.

'Kijk eens pa, hoe onbeschaamd.'

De oude bakker is het met me eens, en knikt me in gedachten toe. Ik ben er blij mee.

Als het plein bijna leeg is en de laatste kisten wachten, wordt het me zwart voor de ogen. Mijn makkers zien het, en ze sturen mij naar huis: 'De rest kunnen we wel alleen aan, ge hebt meer dan uw deel gedaan.'

Aan de uitgang kom ik mijn ouders, onze Elza en de rest van de familie tegen. Mijn moeder vraagt waar Bertje en de bakker blijven.

'We hebben er allemaal uren op staan wachten. De mensen zijn speciaal van ver gekomen.' Ik antwoord dat die niet vandaag worden begraven. Er zullen nog wekenlang begrafenissen zijn. Mijn pa wordt kwaad en zegt dat het moet stoppen.

'Het is tijd dat het gedaan geraakt, René.'

Het is hier dat hij begint te vrezen dat het voor mij nooit meer gedaan zal zijn, en dat ik grafdelver zal blijven.

27

Drie weken blijven de begrafenissen doorgaan. Van 's morgens tot 's avonds.

Pastoors, ceremoniemeesters en grafdelvers werken hard. Ik ben de meest onvermoeibare van allemaal. Alleen de dag dat Bertje aan de beurt is, val ik noodgedwongen stil.

Joke heeft al wekenlang geen zinnig woord gesproken. Maar ze maakt zich niet meer kwaad. Dus heb ik van haar dokter toestemming gekregen om haar mee te nemen naar de uitvaart van ons kind. 'Maar wel op eigen verantwoordelijkheid, mijnheer. Mevrouw Johanna is een risicopatiënt en tegen te veel prikkels kan ze niet.' Ze zit al klaar als ik haar 's morgens vroeg ga halen. Haar beste kleren stinken muf naar mottenballen. Ze zijn hopeloos verouderd en veel te groot omdat ze fel vermagerd is. Elza heeft een oude zwarte mantel meegegeven, gepast voor de gelegenheid. 'Johanna heeft een beetje mijn model.' Het lukt mij pas na veel geduldig sussen om haar die te laten passen. Ze vindt hem mooi. Haar kinderlijke tevredenheid bewijst dat ze niet wil begrijpen wat er te gebeuren staat. Alleen haar lichaam neem ik mee naar de begrafenis. Haar prachtige lichaam, dat het prachtige kind heeft voortgebracht, dat we samen gaan begraven. Ik wil dat ze erbij is. Dat heeft ze wel verdiend. En ik heb nood aan schuld en boete. Al dagenlang stel ik me vragen. Waarom ben ik die maandag niet bij hem gebleven? Waarom heb ik hem alleen gelaten? Ik heb hem afgescheept als een lastige vlieg. Ik ben in slaap gevallen op de zetel, hij moest het met dat kuiken stellen. Ik schaam me diep voor die noodlottige nalatigheid. Ik wil dat ze dat weet en dat ze me vervloekt. Maar ze zwijgt en glimlacht.

In de mis zitten alleen Louis, Elvire en wat buren die ertegen kunnen om nog maar eens een afscheid mee te maken. Zelfs de meest verschrikkelijke drama's gaan op den duur vervelen. Onze familie is er niet. Op de officiële uitvaart waren ze er wel: voor niets. Ik was mij van geen kwaad bewust. Ik ben niet meer boos omdat ze mij dat kwalijk nemen.

'Spijtig, René, het zal zonder ons zijn deze keer.'

Ze zijn behoorlijk in hun wiek geschoten, maar het deert mij niet.

Ik volg, samen met mijn vader, de mooie kist van Bertje, die door mijn collega's binnengedragen wordt. Elza en mijn moeder hebben Joke opgevangen en zitten samen met haar op de eerste rij, elk aan een kant. De klokken luiden, het orgel speelt en de pastoor gaat met zijn kwispel rond de kist. Joke herkent het liedje dat haar moeder zong, toen die nauwelijks nog kon helpen met de afwas. Ze neuriet mee. Het orgel stopt, net als ze goed op dreef komt. Ze gaat nog even door: 'Jef zal voor ons geen commissies niet meer doen...'

Niemand reageert, niemand lacht. Ik ben er mijn collega's en de andere aanwezigen ontzettend dankbaar om.

Mijn moeder gaat met haar naar buiten. Het is mooi weer en in het parkje naast de noodkapel kan ze op een bank gaan zitten. Joke praat er met de kindjes die in een krater spelen. Gelukkig zit mijn vader nog naast mij, en moet hij zwijgen. Hij zucht en sluit zijn ogen. Ik zit gevangen op mijn stoel en vecht tegen de tranen. Ik was veel liever putten blijven graven. Hier moet ik wel begrijpen dat ik leeg en eenzaam achterblijf.

Op het kerkhof komt de zon erdoor en kwetteren de vogels om de nieuwe lente. Joke lacht omdat ik bijna struikel. Hier trekt niets zich nog iets aan van wat er is gebeurd. Ik ben hier graag, heb veel last om zelf niet gek te worden, en ik vraag me af of ik het al niet ben.

'Gedenk o, mens, dat gij stof zijt en tot stof zult wederkeren,' zegt de pastoor als Bertje in de grond zakt.

Het is een zin die ik, mijn carrière lang, zal blijven horen: tijdens het graven haak ik er mijn geest aan vast om het suffe piekeren te stoppen. Ik herhaal het in gedachten, ontelbare keren, bij elke spadesteek. Tot we klaar staan om weer een put te dempen, en de zoveelste pastoor die woorden luidop leest. Het is een duivelse formule, waarmee het verlies in het gezicht geslingerd wordt van al wie rond een open graf moet staan.

Vanaf vandaag besef ik dat maar al te goed. Zelfs het afscheid van volslagen onbekenden is voortaan te pijnlijk, en dus wapen ik mij met onverschilligheid.

* * *

We laten Bertje op het kerkhof achter en gaan te voet de lange weg naar Berchem. Mijn moeder gaat voorop en zorgt ervoor dat we een omweg maken langs de kliniek, waar Joke voortaan woont. Als ze naar binnen gaat, weet ik dat het voorgoed zal zijn. Ze weet het ook, en ik moet met haar mee naar haar kamer. Nog één keer lopen we hand in hand. Ze knijpt, en ik weet zeker dat het teder is. Als we alleen zijn, neem ik traag de zwarte mantel van haar schouders. Mijn armen duwen haar tegen mij aan, en ik kus haar hals. Ze weet nog steeds hoe ze zich elegant moet draaien om een mantel uit te laten glijden. Dit ritueel herinnert ons een laatste keer aan onze prille liefde. Ze laat me toe haar op de mond te kussen. Dan lacht ze weer en duwt me weg. Ze gaat in haar zetel zitten, en trekt een dekentje over haar schouders.

'Dag Joke,' zeg ik.

Ze antwoordt niet, maar lacht verlegen. Ik haast me naar buiten voor de tranen komen. Te veel prikkels zijn niet goed. Op de gang vlucht ik in de toiletten voor iemand me zo kan zien. Ik ga zitten op het deksel van een wc en sluit de deur. Daar ween ik zonder snikken. Ik neem me voor om Bertje en zijn moeder trouw te blijven. Buiten vraagt niemand waar ik zolang gebleven ben.

* * *

Mijn moeder heeft al haar echte koffie opgespaard voor deze dag. Er wordt niet veel gezegd terwijl ze water kookt en koffie zet. Elza heeft stukjes brood besmeerd en legt ze op de koekjesschaal.

'Als er geen bakker is, dan zijn er ook geen koekjes,' zegt mijn vader nors.

Ik antwoord niet, en ik vertrek al na mijn eerste kopje.

* * *

's Avonds graaf ik alweer een graf, en enkele dagen later verhuis ik naar een huis vanwaar ik de kliniek kan zien.

Ik haat het mooie huis dat ik van meetje heb geërfd en dat de bommen heeft doorstaan. Ik zet het met plezier te koop.

28

Mijn vader is razend als hij ervan hoort. Hij voelt zich vreselijk voor schut gezet, en vindt dat ik hem compleet negeer. Hij wil niet dat het huis, waar hij als kind nog heeft gewoond, in vreemde handen overgaat. Mijn ouders gaan er dan maar zelf in wonen. Vanaf dat moment ga ik nog zelden op bezoek. Ik kan het niet, en al zegt ze er nooit iets over, mijn moeder weet waarom.

Op de plaats waar het kippenhok gestaan heeft, laat ze een vijver aanleggen. Voor mij maakt het geen verschil. Ik zie geen vijver, al had ik het haar graag gegund. Ik weet dat ze eronder lijdt, maar ik kan dat huis nooit meer betreden zonder te herbeleven hoe ons Bertje werd vermoord.

Mijn vader kan het niet begrijpen. Hij kan mij niet vergeven dat ik me neerleg bij de feiten. Hij zal het nooit beleven dat ik bakker word, en dat zal hij mij blijvend kwalijk nemen. Tussen hem en mij stapelen de misverstanden en het onbegrip zich op. We leren zwijgen als het moet, maar alles wat we zeggen, heeft een ondertoon die kil en bitter is. Het snijdt mijn moeder door het hart. Mijn vader kent haar goed genoeg om dat te weten. Ook dat verwijt hij mij.

* * *

Ik aarzel niet om jaren later, na hun dood, de woning toch nog te verkopen.

Zo leer ik de voddenraper kennen. Hij komt naar Mortsel om een nieuwe start te maken, en doet dat uitgerekend in het huis waar ik niet wilde herbeginnen.

Het kan mij eerst niet schelen, een koper is een koper. Hij zwijgt, en de verhalen van zijn tweede vrouw kunnen me gestolen worden. Ik leid een leven van routine en eenzame teruggetrokkenheid.

Maar sinds ik Joke heb verloren, zoek ik haar op alle plaatsen waar we samen gelukkig zijn geweest. Mijn muur van onverschilligheid begint aan alle kanten te lekken. En zo zoek ik geregeld redenen om nog eens in ons oude huis te komen.

Ik ben, doorheen de jaren die ze in het ziekenhuis heeft doorgebracht, opnieuw van Joke gaan houden. Zij is de enige aan wie ik altijd alles heb verteld. Ze luisterde, en zei nooit iets, maar ik was ook al lang geleden opgehouden om iets te verwachten. En voor haar was alles goed, zoals het was. We waren veilig bij elkaar, we stelden elkaar nooit teleur. En toch heeft zij me plots alleen gelaten. Ik had nooit gedacht dat ik haar zo zou missen. En dus begin ik haar te zoeken, overal en nergens. Want dat is waar ze was. En dat kan nergens anders zijn dan in het huis van meetje, het enige waar we samen zijn geweest, en waar ons Bertje heeft gewoond.

Alleen die plek kan mijn niets en alles tegelijk zijn: alles wat me ooit zoveel beloofd heeft en dat nooit nog iets kan worden. De plek van schoonheid en verval, van liefde en van onuitsprekelijke pijn, van goedheid en van vijandschap, van luiheid en van inzet, van steun, van hoop, maar ook van hatelijk verwensen. Het is de plek die de onze was, van ons en van ons Bertje. Omdat ik er alleen moest achterblijven, wilde ik er weg. Maar ik kan er ook niet los van komen. Ik wil weg, maar dan wel nergens anders heen. En enkel bij Johanna had ik precies die ene plek gevonden waar dat mogelijk was. Ze was mijn wankel evenwicht, mijn vacuüm, de enige vluchtheuvel tussen het verleden dat mij niet gegund was en de toekomst die ik weigerde. Nu is met haar ook dat vertrokken.

Ik kijk nog even achterom, en zie haar laatste weken. Ze leek genezen van al haar woede en haar hysterisch lachen. Ze was rustig en sereen. Ze hield opnieuw van mooie dingen, zoals vroeger, en ze hield van lekker eten. Ik bleef steeds meer bij haar, en dan bracht ik mooie glazen en servetten mee. Ze at weinig, maar ze sloot haar ogen als ze ervan genoot. Als die dan weer opengingen, lachten ze en voerden ze me terug naar onze kindertijd. Ik heb haar zelfs de zeven-vier nog eens beschreven. En ik herinnerde mij nog al mijn goals uit wedstrijdjes die we met de klas van meester Gusta speelden. Ze maakte ook geen tekeningen meer met veel te dikke stiften, en ze morste niet met vingerverf, zoals ze jaren had gedaan in wat het crea-atelier moest heten. Het was alleen een poel van waanzin, waarin ze zichzelf verzoop. In plaats daarvan was ze beginnen vlechten: draadjes, bloemen, linten en stroken van servetten en gekleurd papier. Die gaf ze mij, maar ik mocht haar niet bedanken.

'Sorry,' zei ze dan: het enige nieuwe woord dat ze na de oorlog nog had bijgeleerd.

Ik denk dat het mij op het einde toch een beetje is gelukt, om tot haar door te dringen. Ze had minstens een vermoeden van wat ons overkomen was. Het had mij kunnen troosten, als ik het op tijd geweten had.

'Sorry.'

Ik begin nu pas te begrijpen dat spijt haar waanzin had vervangen in de loop der jaren. Pas toen ik het al opgegeven had, begon ze zich terug te vinden. Wat ik met soberheid en rust verwarde, was oprecht verdriet om wat verloren was gegaan. Ik weet nu zeker dat ze soms durfde te luisteren toen ik vertelde over Bertje, Martha, de bakker en mijn doelpunten.

Twee dagen voor haar dood heb ik haar gevonden, terwijl het bloed uit haar armen stroomde. Ze had een mes achtergehouden, en er lijnen mee gekerfd op haar onderarmen. Vijf aan elke kant, netjes evenwijdig. Ik kon niet boos zijn, maar ik had toen moeten begrijpen wat haar soberheid betekende. Toen het personeel haar armen had verbonden en was uitgeraasd, kreeg ze een spuitje om te slapen. Ik vroeg of ik mocht blijven tot ze sliep. We waren nog maar eventjes alleen, toen ze in slaap viel, maar het was lang genoeg. Ze krabbelde wat op mijn voorhoofd.

'Ga maar weg, ik moet slapen want ik ben zo moe.'

'Dag Joke, slaap maar goed, tot morgen,' zei ik.

En hoewel ik dat al sinds de dood van Bertje weigerde te

doen, gaf ik haar ook een kruisje op het voorhoofd, zoals zij daarnet had geprobeerd. Ze schudde van nee, ik wilde het niet zien.

Het waren onze laatste woorden.

* * *

De dag erna werd mij gezegd dat Joke niet op haar kamer was. Ze moest kalmeren, te veel prikkels hadden haar van streek gemaakt. Nog een dag later ging de telefoon. De kliniek had mij nooit eerder opgebeld. Ik heb altijd geweten dat het zo kon gaan. Dat Joke, zodra ze kon, de trein zou nemen die al zoveel patiënten voor eeuwig rust geschonken heeft. Het lijkt wel alsof men psychiatrische klinieken met opzet in de buurt van spoorwegovergangen bouwt.

Elza woont al jaren op de buiten met haar apotheker. Zodra ze hoort wat er gebeurd is, komt ze naar Mortsel en laat ze mij niet meer alleen. Drie dagen heb ik zo gevochten met mezelf. Ik heb geen flauw benul wat me belet heeft om Joke achterna te gaan. Op zoek naar niets, naar leegte en vergeten. Elza leek me met haar zorgen te bezweren om het niet te doen, al had ze me niet tegen kunnen houden. Zelfs daar vond ik de moed niet voor.

Dus regel ik versuft de uitvaart. Behalve Elza en de apotheker zijn er enkel buren en verplegend personeel. Voor hen vertel ik enkele dingen die ik verder altijd voor mezelf gehouden heb: mooie verhalen uit de schuilkelders van ons verleden.

* * *

Op het einde van de dienst, net voor het laatste wat mij restte in een kist de kerk wordt uitgedragen, begint de baby van de voddenraper en zijn vrouw te wenen. Ik zie ze snel naar buiten glippen.

'In paradisum deducant te angeli.'

Ik raak voor het eerst sinds lang geboeid door iemand die mijn geest op sleeptouw neemt.

29

Als ik de voddenraper voor het eerst ontmoet, hoop ik alleen dat hij het huis wil kopen. Na de begrafenis zie ik dat hij een heel bijzondere man is, en dat hij precies diegene is die in ons huis moet wonen. Ik kom hem tegen in de winkel en op straat. Tijdens mijn werk betrap ik hem, terwijl hij tussen de graven loopt. Hij knikt, en om geen oogcontact te moeten zoeken, blijft hij voor een willekeurig graf staan met gevouwen handen. Zo kan ik ook geen vragen stellen. Zijn vrouw vraagt me geregeld binnen voor de koffie en een babbel, of ze vraagt mijn raad over de eigenaardigheden van het huis. Haar man blijft werken, en als het een enkele keer echt niet anders kan, zit hij te zwijgen en beleefd te zijn.

De jaren en de seizoenen schuiven snel aan mij voorbij. Ik ben gestopt met ze te tellen. Zes jaar lang passeert de jongste van de voddenraper, op weg naar school, de kerkhofpoort. Ik heb geen idee wanneer ik erop begin te letten en waarom. Maar op de duur weet ik precies wanneer hij er zal zijn, en ik zorg ervoor dat ik hem altijd zie. Ik zie ons herboren Bertje. Ik schaam me en ik biecht het telkens op: eerst aan de gedenkzuil waarop zijn naam gebeiteld staat, dan aan het graf van Joke.

En dan begint de voddenraper aan de verbouwing van het huis. De werken worden stilgelegd, en hij vertilt zich aan zijn heldendaad. Hij geeft niet op en begint met voddenrapen. Hij loopt de straten langs wanneer het huisvuil buiten staat. Eerst alleen, daarna moeten zijn zonen helpen. Ik begrijp zelf nog niet waarom, maar als ik de jongste zie, denk ik terug aan de begrafenis van Joke. Dat was de eerste keer dat ik hem zag, en hij was toen het eerste wat mij weer wat levend maakte.

In Mortsel kent iedereen zijn vader snel. Hij heeft het huis willen verkopen om terug te gaan naar de plaats waar hij vandaan kwam. Maar de scheuren en de barsten die in drieënveertig kleine schade leken, zijn in de loop der jaren uitvergroot. Het huis is uitgeleefd, en niemand wil er geld voor geven. De voddenraper is een vurig man die zich niet neerlegt bij de dingen, en hij beslist dan maar de beuk erin te zetten. Zonder te weten hoe hij het zal betalen en zonder bouwvergunning begint hij alles af te breken. Maar voorlopig blijft het bij beginnen. Als de gemeente hem belet om voort te doen zonder papieren, is ook zijn geld op. Ik voel steeds meer fascinatie voor die man en voor zijn jongste zoon. Ik zorg dat ik ze zie voorbijgaan, op hun wekelijkse ronde langs de vuilbakken van Mortsel. En zo leggen ze met dat voddenrapen ook mijn lege leven in een nieuwe plooi.

Het zorgt ervoor dat ik weer op café begin te gaan om ze te zien passeren, en ik maak er vrienden. Ik laat me weer betrekken in gesprekken en ik roddel over iedereen. Behalve dan over de voddenraper. Ik ben er zeker van dat ik er mee toe bijgedragen heb dat hij in Mortsel krediet krijgt voor zijn rare streken. Het is een werker en hij zorgt voor zijn gezin, al is het in het puin en in de bouwwerf die hij van het huis gemaakt heeft. Er zijn er veel in Mortsel die zich goed genoeg herinneren hoe ze dat zelf nog hebben moeten doen.

En ik begin te lezen. Elk verhaal dat ik in handen krijg over bommen, oorlog, liefde en verlies. Het raakt me allemaal veel dieper dan tevoren. Een boek of een verhaal kan mij ontvoeren uit het leven. Wat ik dan beleef raakt me soms dieper dan mijn lege dagen. De voddenraper en zijn zoon hebben het hangslot van mijn ziel gerukt. Ik moet voorzichtig zijn, want plots ben ik veel te vatbaar voor de minste prikkel. Ik mijd begrafenissen, en ik wacht tot iedereen weer weg is voor ik me vertoon om weer een graf te dempen. Ik ben graag alleen met mijn gedachten, en ik leef met de verhalen in mijn hoofd. Ik ken de vogelkoppels in de bomen en ik geef ze namen. Ik voer er zelfs gesprekken mee.

* * *

En dan is er de dag waarop de voddenraper zijn dak afbreekt. Hij slaagt erin het te doen op de dag die er met ruime voorsprong het minst geschikt voor is. Zodra de pannen gebroken in een container liggen, begint het noodweer dat nochtans voorspeld was. Het lukt de voddenraper niet om nog op tijd een veel te dunne laag lekkend plastic over het geraamte van het dak te leggen. Zodra ik merk wat er gebeurt – en dat is snel want ik verlies hem nauwelijks nog uit het oog – bel ik aan om hulp te bieden. Zijn vrouw doet open. Ze roept haar man en gaat dan door met dweilen. Intussen houdt ze niet op met mij te danken. De voddenraper zelf houdt het bij: 'Merci, René, ge komt gelijk geroepen.'

Zijn oudste zoon staat in de goot te helpen, en babbelt alsof hij aan de afwas staat. De jongste wordt, vloekend en tierend, van achter zijn schoolboeken gehaald. Hij staat onhandig bang te zijn als hij op de vierde hoek van het dak moet gaan staan om alles vast te houden. Ten slotte lukt het min of meer om een soort tent te spannen en de lekken klein genoeg te maken. De regen kan nu opgevangen worden in emmers en een kinderbadje.

In de keuken drink ik een glas bier, en ik schuil samen met de voddenraper en zijn kinderen voor de regen en de koude wind. Zijn vrouw blijft dweilen en de emmers legen. We praten weinig. Ik voel hoe we er geen van beiden veel om geven om zo kwetsbaar bloot te staan aan weer en wind. Hij vertelt over de oorlog en zijn vlucht naar Frankrijk. Ik vertel over drieenveertig en de kapotte huizen. Ik weet heel goed dat we elkaar begrijpen. We vragen elkaar niet om meer te zeggen dan we kunnen. We hebben allebei geleerd het onderscheid te maken tussen wat erg is en wat enkel heel vervelend is. Dat is wat telt. De rest is veel te moeilijk en er zou schaamte zijn, omdat een man nog niet mag huilen in het jaar waarin wij leven.

'Ik zal dit nooit vergeten,' zegt hij als het onweer is gaan liggen en ik afscheid neem.

Ik weet wat hij bedoelt. Al kijk ik stiekem uit naar het moment waarop we elkaar alles zullen kunnen vertellen.

30

De voddenraper is gestorven zonder nog echt met mij te praten.

De opdracht om zijn graf te graven is mijn laatste. Ik ruik opnieuw de geur van aarde, kiezel, verdord groen en gras, samen met de frisse mufheid van mos op verregende arduin. Ik graaf mijn laatste graf: het graf van mijn vriend, de voddenraper. Ik heb nog veel te doen, en ik ben alleen. Ik zou het ook niet anders willen, want ik wil rustig kunnen denken. Ik voel de spieren in mijn armen spannen. Ik heb ze in de greep van mijn routine en een ijzeren cadans.

Maar dit komt pas op het einde. Het is te vroeg. De put verruimt zich tot ik weer in een tunnel lijk te staan. Ik weet waar hij mij heen zal leiden. Ik aarzel, maar ik kan er niet omheen. Het is het laatste stukje in de puzzel van mijn leven. De zwaarste loodjes heb ik voor het laatst bewaard. En toch voel ik me rustig, als ik die dag weer tegemoet wandel. Het was beter niet gebeurd, maar ik weet dat er op het einde niemand is die het niet zal begrijpen. Ook niet de jonge man van wie ik de aanwezigheid vermoed.

Voor ik opnieuw in Mortsel sta, in eenenzestig, kijk ik in de ogen van mijn vader, zoals ik zo vaak gedaan heb in mijn dromen. Ik zie geen reden om zijn blik nog langer te ontwijken.

'Ga maar,' zegt hij, 'we hebben alle twee fouten gemaakt.'

* * *

Ik wandel van het ziekenhuis naar huis. Ik heb Joke in een opwelling een dwaze vraag gesteld: of ze vindt dat ik een eigen bakkerszaak moet starten. Ze is alleen beginnen lachen, en ze heeft gezegd dat de taartjes die ik meebreng goed genoeg zijn. Ze vindt de tekening van het gemeentehuis die op de doosjes staat zo mooi. Dat moet mijn vader weten, vind ik. Ik wil dat hij de dingen die ik doe begrijpt, zoals toen ik nog een kind was. Liefst wil ik zelfs dat hij ze goedkeurt. Het is het enige dat ik nog wil. Daarom besluit ik om langs te gaan. Meteen.

Ik denk dat het weer begin april moet zijn. De lente komt als een verrassing, maar dat is al vele jaren zo. Het is alsof ik ze niet meer verwacht en ik toerist ben in een vreemde wereld. Al achttien lentes is het zo gegaan. Ik ben net geen veertig.

In Mortsel krioelt het van de vaders en de moeders. Ze hebben allemaal een hele winter lang gewacht om weer op straat te komen, en vandaag is het een uitgelezen dag om dat te doen. Dit is hun speeltuin, en ik loop hier niets te doen. Op de eerste warme dagen ben ik liever alleen of met Joke in de tuin van het ziekenhuis. Ik word week van te veel huiselijke taferelen. De zonen en de dochters van mijn oude klasgenoten hebben zelfs geen puberpukkels meer.

Tegen de tijd dat ik in onze oude straat ben, heb ik migraine van de warmte en het razen in mijn hoofd. Ik heb al honderd zinnen bedacht om aan mijn vader te vertellen wat ik hem te zeggen heb. Ik wil dat hij eindelijk weer vrede heeft met alles wat ik doe. Zoals die avond, toen ik met ons Bertje thuis gekomen ben en hij wou klinken op onze vastberadenheid om goed voor hem te zorgen. Dat heeft hem heel veel deugd gedaan. Ik zou hem graag nog een keer zoiets gunnen.

* * *

Voor mijn moeder is het feest als ze me ziet. Ik moet blijven eten en ze doet een flesje open. De zoete wijn die ze bewaard heeft voor een gelegenheid als deze is versuikerd en bedorven, maar ik doe mijn best om hem te drinken. Ze doet altijd haar best om het me naar de zin te maken. Het is haar schuld niet dat ik niet vaker kom.

Mijn vader komt pas thuis als we al aan tafel zitten. Hij is verbaasd mij te zien: 'Kent gij de weg naar hier nog? Waaraan hebben we die eer verdiend, René?'

Ik antwoord niet en begin te eten. Mijn vader gaat zitten

tegenover mij en wast niet eens zijn handen. Mijn moeder ziet het en laat het gebeuren. Ze weet wanneer ze beter zwijgt. Als hij zich over zijn soep buigt – bijna raakt zijn neus zijn bord – knikt ze mij sussend toe. Ook ik zou beter zwijgen. Te veel prikkels zijn ook voor hem niet goed. Maar ik ben gekomen om hem iets te zeggen, ik wacht alleen op een geschikt moment.

De schouders van mijn vader hangen slap vooruit, zijn opgetrokken neus heeft rimpels getrokken van zijn neusvleugels tot onder zijn wang. De soep trilt van zijn lepel en hij ademt zwaar en kort. Zijn adem ruikt naar tabak en zijn zelfgerolde sigaretten hebben zijn vingers bruin verkleurd. Zijn stoppelbaard blijft dagen staan en is nog amper zwart. Hij praat steeds vaker over wat niet lukt en waar hij zich aan stoort. Zijn ergernis maakt het vermoeiend om met hem te praten.

De telefoon rinkelt, en mijn vader gaat naar de salon om op te nemen. Het is zijn nieuwe baas, die blijkbaar niet begrijpt wat hij die dag allemaal gedaan heeft. Hij maakt zich druk.

'Hij wordt oud, René,' zegt mijn moeder, 'het is een lieve man, maar hij is zo lichtgeraakt de laatste jaren.'

Ik heb wel door wat ze bedoelt. Ze wil hem sparen, en ze ziet me broeden op wat ik te zeggen heb. Ook zij is oud. Haar huid is wit en zit vol barstjes. Ze draagt nog steeds haar elegante gebloemde jurkjes, maar ze hangen alsmaar losser op haar oude lichaam. Ze is niet meer slank, maar mager. Haar opgespelde haar is dun en grijs geworden. Er hangt steeds vaker een vermoeide streng over haar gezicht. Haar fierheid wordt haar soms te veel, en laat soms steken vallen.

'Hij was inderdaad een lieve vader,' zeg ik, 'maar hij kan ook heel hard zijn.'

'Dat weet ik wel, maar daar heeft hij zelf ook heel veel last van.'

Mijn moeder is de beste vrouw met wie mijn pa had kunnen trouwen.

'We hebben echt wel allemaal ons best gedaan,' zegt ze, 'ik begrijp niet waarom we niet vaker gelukkig zijn geweest, ook al is er veel gebeurd.'

31

'Ik kom van bij Joke,' zeg ik om de stilte te breken.

'Ik dacht het,' antwoordt mijn moeder, 'wij eigenlijk ook.'

Mijn moeder is voorspelbaar. Als ze in raadsels spreekt en geheimzinnig doet, volgt er meestal verrassend nieuws. Eerst zaait ze verwarring, dan monstert ze de twijfels, en ten slotte hoopt ze dat we haar om uitleg vragen. Het helpt haar als ze moeite heeft om iets te zeggen.

'Dat kan niet,' zeg ik, alsof ze dat zelf niet weet.

Ze vertelt me dat ze op de kinderkamer zijn geweest, om er herinneringen op te halen. Zij heeft van mijn vader altijd veel gedaan gekregen. Ze hebben er de oude taartdoos opengemaakt, waarin Johanna haar herinneringen heeft bewaard: foto's, brieven, stukjes uit de krant en andere papieren. Ze hield het allemaal netjes bij, ook al begreep ik op de duur niet meer waarom ze precies die dingen zo belangrijk vond en geen andere. De doos was veel te groot. We hadden niet veel foto's. Ze had ze mooi geordend: één enveloppe per jaar, van de ene winter naar de volgende. In de laatste enveloppen had ze zelfs haar gladgestreken snoepverpakkingen gestoken. Ze had nog plaats voor vele jaren. Als haar taartdoos openging, zat ze er uren naar te kijken en te dromen. De mooiste foto's stak ze in een album. Dat heb ik meegenomen. De rest heb ik achtergelaten in de kamer van ons Bertje.

Ik dacht dat ik die kamer definitief achter mij gesloten had, en dat er niets van over was. Nu spreekt mijn moeder weer over de kinderkamer, alsof haar kleinkind er vannacht nog geslapen heeft. Ik zie weer hoe ze Bertje mooi gemaakt heeft. Het onvergetelijke beeld van dat laatste moment in Berchem. Of was dat de eerste scène zonder hem? De film wordt weer teruggespoeld. Ik zie hem spelen met zijn kuiken. Ik zie het flitsen en het gele licht, ik hoor de knallen, en ik voel het trillen. Het gaat nooit over. Dit is nooit herinneren, het is altijd opnieuw beleven. De emoties blijven kleven. Ik zie de dwazen en de stervenden, de lijken en de dieven, de angst en het ongeloof. Maar ook de eerlijkheid van hulp en machteloos verdriet. Ik kan het meesterlijk binnen in mij houden. Alleen hier dreig ik steeds weer door de mand te vallen. Hier zit alles vlak onder mijn huid. En mijn moeder kijkt er dwars doorheen. Al bijna twintig jaar.

'René,' zegt ze, 'we hebben Bertje en zijn moeder graag gezien. Niet alleen gij.'

Ze trekt haar ogen open en haar stem klinkt plots een beetje hees. Ik voel me volkomen bij verrassing in de nek gesprongen, en mijn pantser dreigt te barsten. De lente is aan haar ook vaak voorbijgegaan, en ik heb mijn moeder niet ontzien.

'Het zag er goed uit, ma. De bakkerij draaide goed, en Joke zou een goede bakkersvrouw geweest zijn.'

'Uw vader was heel trots op jullie.'

* * *

Mijn moeder begint de tafel af te ruimen. Ze zegt iets over Elza, als ik me niet vergis, en dan over het weer. Als ze mijn mening vraagt, val ik volkomen uit de lucht. Ze komt terug uit de keuken met een fles limonade, en gaat weer zitten.

'We hebben Bertjes kamer nooit meer aangeraakt,' zegt ze ten slotte, 'alleen om ze te kuisen.'

'Ma, ge moet mij dat niet zeggen,' antwoord ik, 'ik wil het niet weten.'

'Waarom? Dat is toch niet verkeerd. Schone herinneringen zijn geen dingen om beschaamd over te zijn. Uw pa en ik hebben geprobeerd om u een schone start te geven.'

Ik weet wat ze bedoelt.

'Ge kent de weg, ga ook nog maar eens kijken.'

Ik sta op en ga naar boven, om haar plezier te doen en om alleen te zijn. Dat is een goede reden, al twijfel ik daaraan als ik de trappen op loop. Het is alsof ik een toren beklim: traag en met vermoeide benen. Vanaf de trap naar de tweede verdieping begint het huis op een fossiel te lijken: een vaas met namaakbloemen onder aan de leuning, bloemetjesbehang, dezelfde oude ramen, dezelfde geur van onbeslapen, koude kamers en dezelfde stoffige gordijnen. Haarscherp, maar ontdaan van alle leven. De plotse stilte overvalt me hier, omdat ze ook van binnen komt.

De kamer is nog zoals Joke ze heeft ingericht. Ik beweeg alleen nog heel behoedzaam, omdat alles broos lijkt, en ik ben bang om iets te breken.

Ik haal de fotodoos van onder het antieke kinderbed met witte spijlen. Daar heeft Johanna ze gezet, daar heb ik ze gelaten, en daar hebben mijn ouders ze bewaard. Alles is netjes teruggelegd, zoals mijn vrouw het heeft gewild in tweeënveertig.

In de eerste omslag vind ik foto's van mijn ouders en van die van Joke. Ze lachen op hun trouwfoto's en blaken van gezondheid. Ze poseren statig bij de fotograaf, tussen hun bruidsboeketten, voor een achtergrond van valse zuilen en gordijnen. Ze kennen elkaar niet, maar zouden dan al best familie kunnen zijn. Ze lijken zelfs een beetje op elkaar. Mijn ouders zijn alleen een beetje minder mager dan de hare.

Als kind was ik snel oud genoeg om mijn toekomst groot te zien. Een voetballer die nageniet van elke goal. De dochter van de bakker stoort zich niet aan mijn opschepperij, en bewaart kaartjes van mijn favoriete voetbalploeg voor mij. Die zitten naast de foto van de oude bakkerij, met Joke op een veel te grote bakkersfiets. En vlak daarna de foto van mijn klas met broeder Gusta. Ook Joske staat erbij. Als ik het zie, kan ik alleen maar vreemd gelukkig zijn.

In de tweede omslag zit de oorlog. Ik zie Duitsers in de straten. Joke mocht ze niet, en toch wilde ze er foto's van.

'Onze kinderen gaan dat later niet geloven.'

Joke, het jonge veulen, verandert langzaam in een jonge vrouw, die zich angstig afvraagt hoe het verder moet. Op enkele foto's heeft ze al die redeloze ogen, die geen antwoord vinden op de vragen van het monster dat een oorlog is. De verstelde bruidsjurk van haar moeder staat haar beeldig. Ik doe haar spontaan opnieuw een aanzoek, letterlijk, en haal mij haar antwoord voor de geest: het plezier van doen alsof heb ik van haar geleerd.

Ik moet hier, net als zij vroeger vaak heeft gedaan, al veel langer zitten dan mijn lichaam kan verdragen. Mijn knieën voelen overspannen aan. Ik schuif de spijlen naar beneden en ga op de rand van het bedje zitten. Ik zie het haar nog doen. Het volstaat dat ik mijn ogen sluit om die foto te zien, duidelijker dan alles wat ik in de doos gevonden heb. Ik zie Mortsel, ik zie mijn lief, mijn maten en mijn baas. Ik zie de meester met zijn vrouwenstreken, mijn tevreden vader. Ik zie mijn zus pruilen, en ik zie de pop die ik verstopt heb. Dan keer ik terug naar de bevroren beelden uit de doos.

Ik zie Martha in de winkel, op de foto ziet ze er gezond uit.

Ik zie Johanna op een schommel. Ik zie de kaartjes die ze stuurde van de hei. 'Het is hier goed, ik zou liever nog wat blijven.' Waarom heb ik ze nooit verscheurd?

In de laatste omslag zitten geen foto's die we zelf genomen hebben. Het zijn totaal vergeelde beelden en artikels uit de krant. Foto's van de reddingswerken, de begrafenis, en de aanleg van het erepark. Op een ervan zie je de grafdelvers in actie. Ik heb de indruk dat ik vaag mezelf herken. De bisschop en de burgemeester zijn natuurlijk wel herkenbaar, samen met de Duitse overheid. De artikels zijn het werk van amateurpoëten, die zich tegoed doen aan ons lijden. Hoogdravende orakels, loze kreten en misplaatste propaganda. Waarom heeft iemand dit willen bewaren? Ik moet het zelf hebben gedaan, want toen was ik alleen, maar dat begrijp ik echt niet meer.

Het laatste wat ik vind, zijn de doodsprentjes: van Martha, van de bakker, en van Bertje. Telkens met een foto. Om het hoofd van Bertje zit een breed verband.

★ ★ ★

Dit is een vreemde plek, waar beelden waarvan ik dacht dat ik ze vergeten had, als blindgangers ontploffen op mijn netvlies. Schoenen met een voet erin, honden met een been, uitgebrande trams en bussen, wenende kinderen die niemand ziet, moeders en vaders die niet weten of ze blij zijn dat ze leven, stervende mensen die hun ingewanden in hun open buik proberen te houden en dode ogen waarin ontzetting is gestold.

Er is geen redding mogelijk voor wie in de hel geweest is. Alleen Joke heeft leren vergeten en negeren. Waarom blijf ik haar belagen met een waarheid die niet te verdragen is? Het is haar recht om die niet met mij te delen. Het is mijn lot. Al zegt mijn moeder nog zo dikwijls dat het anders is, en dat ik nooit alleen zal zijn.

Wanneer ik stilaan terug in eenenzestig ben, merk ik dat mijn vader naast me staat. Ik raak eventjes zijn broek aan, en sta recht. Meer hoeft het niet te zijn.

32

Op de gang komt hij mij na.

Hij zegt dat hij ons een prachtig koppel vond: 'Johanna was een mooie vrouw.'

'Dat is ze nog,' zeg ik, 'wanneer hebt ge haar voor het laatst gezien?'

Hij zwijgt en kijkt naar de verte door het oude raam met de vergeelde raamkozijnen. Die oude crèmekleur zou Johanna prachtig vinden. Dan kijkt hij naar zijn schoenen en zucht.

Ik had het risico niet moeten nemen om mijn vader in de porseleinkast van mijn verleden toe te laten. Mijn kwaadheid haalt de bovenhand. Het is mijn eigen schuld. Een egel moet zijn buik niet tonen. Ik vind het vreselijk als ik mijn vader haat, maar het komt zo vaak vanzelf de laatste jaren.

'Ze kent ons niet, René.'

Ik ben Johanna na de oorlog één keer samen met mijn ouders gaan bezoeken. Ze heeft toen geen zinnig woord met hen gewisseld. Mijn moeder heeft het uren met haar over vroeger willen hebben. Zij had het enkel over hier en nu: het schilderijtje aan de muur, de slechte en de goede nonnen en de dokter die zo vriendelijk was. Sindsdien spreekt mijn vader bijna altijd over haar in de verleden tijd.

Wat maakt het uit dat ze vindt dat ik geen bakker meer moet worden? Hoe heb ik ook maar een ogenblik kunnen denken dat haar mening nog ter zake doet? Als ik weer eens op het punt sta om me om te draaien en te vertrekken zonder nog een woord te zeggen, legt mijn vader zijn hand op mijn onderarm.

'Wacht,' zegt hij, 'ik heb nog iets te zeggen.'

Hij haalt zijn portefeuille uit zijn achterzak en haalt er een visitekaartje van de bank uit.

'Ge weet dat ik voor u aan 't sparen was,' zegt hij, 'voor uw winkel, na de oorlog.'

Ik weet het, maar ik heb er nooit aan willen denken.

'Ik ben dat blijven doen. Ook nadat...'

'Na het bombardement en de dood van de bakker.'

Hij weigert om de dingen bij hun naam te noemen.

'En na de dood van Bertje,' voeg ik eraan toe.

'Twintig jaar sparen: dat is veel geld, en het heeft goed opgebracht. Het is genoeg.'

★ ★ ★

Ik vraag of hij misschien vergeten is waarom ik grafdelver geworden ben. Ik slinger hem in het gezicht dat hij een lafaard is, die van zijn zoon verlangt dat hij waarmaakt waar hij zelf niet in geslaagd is. Ik noem hem een egoïst en zeg hem dat hij zelf maar een bakkerij moet openen. Ik vraag hem waarom ik dat in godsnaam nog zou doen. Om welke goede reden?

Voor ik het weet heb ik hem opgetild aan zijn gescheurde hemd en druk ik hem tegen een muur. Ik denk zelfs dat ik hem er enkele keren tegenaan sla, terwijl ik gruwelijke dingen blijf herhalen.

Mijn moeder roept onze namen in de gang en stormt de trap op. Ze gilt als ze haar man ziet liggen. Ze grijpt zich naar de haren en vraagt of ik gek geworden ben.

We leggen hem op het bed van Bertje en ik ga de dokter

halen. Ik loop dezelfde weg die Joke liep toen Martha ziek was. Net als zij hou ik het niet meer uit en moet ik naar buiten. In mijn gedachten zegt ze dat ze mij begrijpt.

Dokter Verdonck loopt op zijn laatste benen, maar hij houdt nog steeds praktijk in Mortsel. Ik kraak van schaamte en van schuldgevoel. Ik weet dat ik iets onherstelbaars heb gedaan en ik neem het mijzelf bijzonder kwalijk. De dokter ziet meteen dat ik er slecht aan toe ben en zegt dat ik op zijn tafel moet gaan liggen.

'Het is niet voor mij, dokter,' zeg ik, 'ik kom u halen voor mijn vader. Hij is in elkaar gezakt.'

Dokter Verdonck is oud, maar kan nog bliksemsnel in actie schieten als het nodig is. In de auto vraagt hij wat er juist gebeurd is, en ik antwoord zonder omwegen.

'We hebben woorden gehad, en ik heb mijn geduld verloren.'

'Ge bedoelt dat ge gevochten hebt.'

Het klinkt als een genadeloze aanklacht, en dat is ook wat ik verdien.

We zwijgen. Ik ben vreselijk bang.

'Ge moet mijn vader helpen, dokter. Ik was zo kwaad, en ik ben bang dat ik hem iets heb aangedaan.'

'Kom René, ge kent uw eigen kracht niet als ge kwaad zijt, dat is waar. Maar ge moet niet overdrijven. We zijn zover nog niet.'

33

'Vindt ge niet dat ge genoeg hebt meegemaakt?' vraagt de dokter als hij de blutsen en de builen van mijn vader heeft verzorgd. Hij heeft genoeg ervaring om te weten dat de lichamelijke schade niet het ergste is, en bij ons mag hij intussen verder gaan.

Hij begrijpt niet hoe het mogelijk is dat ik mij zo heb laten gaan. En mijn vader moet een beetje minder koppig zijn.

'Het wordt tijd om nog wat te profiteren van het leven,' vindt hij.

Hij zegt dat hij dat zelf ook van plan is, het is hem aan te zien dat hij het meent. Hij is behoorlijk aangekomen, en dit keer slaat hij het borreltje dat we hem altijd aanbieden niet af. Hij geeft ons de raad er zelf ook een te nemen, om een beetje te bekomen. Hij blijft zelfs plakken voor een tweede glas. Als ik naar huis ga is het nog gezellig rond de fauteuil waarop hij zijn patiënt heeft laten rusten. Voor ik vertrek, neem ik alles in me op. Een zoveelste foto in mijn hoofd.

* * *

Ik weet niet wat de dokter verder aangeraden heeft, maar mijn vader lijkt daarna opnieuw een beetje op zichzelf. Bevriend zijn met de dokter is een hele eer. De raad van zo iemand neemt hij serieus. Hij plaagt mijn moeder, en hij daagt haar uit. Als er bezoek is, vertelt hij met veel plezier over de kleine stommiteiten van zijn vrouw, die hem opgewonden in de rede valt om hem lik op stuk te geven. Zij kan er meestal wel om lachen en kijft als hij tranen in de ogen dreigt te krijgen. Mijn vader was altijd al een gevoelig man, maar nu speelt hem dat veel vaker parten.

Als ik er ben, hou ik me stil. We doen ons best, maar er is voorzichtigheid geslopen in alles wat we elkaar nog te zeggen hebben. Er zijn verboden onderwerpen en we zijn nooit helemaal spontaan. Soms leen ik ongevraagd zijn ogen om naar mezelf te kijken, en dan word ik bang. De dokter heeft ons op een ander spoor gezet, maar samen reizen doen we niet. Nooit weer.

Reizen doen ze wel nog zonder mij, mijn vader en mijn moeder. Voor het eerst in heel hun leven gaan ze naar het buitenland. Met de bus van de ziekenkas bezoeken ze Parijs.

Ik krijg weer kaartjes voor mijn verzameling: 'We hebben de Eiffeltoren beklommen, en we zijn naar de schilders aan de Sacré-Cœur geweest.'

Mijn pa laat er zelfs een portretje maken. Mijn moeder haalt de pêle-mêle van de schouw, en hangt het in de plaats.

'Daarna zijn we gaan eten bij *Chez Paul*,' zegt mijn vader, 'dat is een luxebakkerij.'

Heel soms kan hij het niet laten. Ik ga er niet op in. Ik heb veel liever dat hij zulke dingen zegt dan het zinnetje dat hij soms onverwacht laat vallen, als er een stilte valt:

'Ik weet niet of ik de winter nog wel door kom.'

34

Mijn pa is niet gestorven. Niet diezelfde winter en niet ineens. Hij heeft, na de klappen en de teleurstelling, zelfs nog eventjes geluk gekend.

Maar ten slotte is hij toch vergroeid geraakt met zijn zetel in de salon. Daar is hij de laatste maanden stilgevallen en zwijgend blijven zitten, na zijn vervroegd pensioen. De gemeente deed er niet moeilijk over. De jaren die hij nog van zijn pensioen verwijderd was, hebben ze iemand anders perken laten wieden, gras maaien en vuil oprapen in het park.

Als er bezoek kwam, kleedde hij zich nog aan. Die moeite deed hij na verloop van tijd niet altijd meer. Hij deed gewoon een schone kamerjas aan, voor als er onverwacht aangebeld zou worden. Mijn moeder kwam bij hem in de salon zitten zoveel ze kon. Hij liet zich nauwelijks bij een gesprek betrekken.

Als Elza kwam, trok ze zich vaak met moeder terug in de keuken, of ging met haar om boodschappen. De apotheker bleef bij vader, informeerde ijverig naar zijn gezondheid en deed pogingen om de toestand in de wereld te bespreken. Hij zorgde ervoor dat hij altijd een krant bij zich had. Dat hield hij uiteraard geen uren vol. Zijn toiletbezoeken werden alsmaar langer, en hij ging geregeld uitgebreid de tuin bekijken. Ten slotte keek hij voortdurend naar de klok en telde schaamteloos de uren af. Mijn brave schoonbroer had het de laatste maanden zwaar tijdens die bezoeken.

Ik kwam alleen op feestdagen, en af en toe op zondag voor de koffie. Dat laatste ben ik beginnen doen om onze ruzie goed te maken, en om mijn moeder een plezier te doen.

Eenmaal ben ik nog over het spaargeld voor de zaak begonnen. Ik stelde onhandig voor het te beleggen in vastgoed of in kasbons. Het was bedoeld als investering in een toekomst die ik niet meer had, en iets beters kon ik niet verzinnen. Ik dacht iets goed te moeten maken. Het leek erop dat het zou lukken.

'Hebt ge maandag tijd?' vroeg hij.

Hij stelde voor om samen naar de bank te gaan. Mijn moeder begon mee te zingen met de radio. De volgende dag had hij zich aangekleed en we zijn het spaarboekje op mijn naam gaan zetten. Het was het laatste wat we samen zouden doen. Op het gemeenteplein heeft hij gezegd dat hij mij niet langer van mijn werk wou houden, en dat ik voortaan mijn eigen gang kon gaan. Hij wilde alleen terug naar huis gaan.

'Ge moet niet bang zijn. Ik zal niet verloren lopen.'

'En wat moet er met dat geld gebeuren?' wilde ik weten.

'Trek er uw plan mee. Ge weet wat ik ermee gedaan zou hebben,' zei hij.

Hij draaide zijn rug naar mij, en liep naar huis.

Die dag ben ik weer ongerust geworden. De lichamelijke schade was het minste wat ik hem had aangedaan.

* * *

Drie dagen geleden, een dinsdag na het werk, stond mijn zus aan mijn deur. Ze was niet meer langs geweest sinds mijn verhuis, en ik vermoedde meteen wat ze me te vertellen had.

'Pa ligt in 't ziekenhuis,' zei ze voor ik iets kon vragen, 'ik weet niet wat er aan de hand is.' Moeder had hem op het toilet gevonden. Hij was gevallen, en kon niet meer bewegen van de pijn. Dokter Verdonck had een ambulance geroepen, al had mijn vader hem bezworen om dat niet te doen. Mijn moeder had Elza gebeld en die was onmiddellijk gekomen. Maar in het ziekenhuis hadden ze gevraagd om die dag niet meer op bezoek te komen.

'Mijnheer is heel geagiteerd en moet zich rustig houden.'

Hij lag op hartbewaking, maar dat was enkel voor de zekerheid. Diezelfde nacht is hij gestorven. Zijn hart was stilgevallen.

* * *

En daarom wordt mijn vader dus begraven, en herbeleef ik die onwezenlijke lentedag waarop ik hem heb aangevallen. Tot in het pijnlijkste detail. Niemand vraagt mij om rekenschap af te leggen voor zijn dood. En toch merk ik aan iedereen dat ze wel weten wat het groot verdriet is, waaraan mijn vader stierf.

Vooral wat nooit gebeurd is, is soms onverdraaglijk.

35

'Ons moeder moet verhuizen. Ze gaat kapot, zo helemaal alleen in dat veel te grote huis. Ik ga ze bij mij nemen.' Mijn zus is langsgekomen om het te bespreken. Er valt niet veel te zeggen. Ik ga meteen akkoord.

'Hier is geen plaats genoeg,' zeg ik, al weet ik dat mijn moeder niet veel plaats meer nodig heeft.

'Neen, René. Dat weet ik,' zegt Elza, 'hier is na de oorlog nooit meer plaats geweest voor iemand.' Mijn zus laat haar woorden vaak heel lang rijpen voor ze spreekt.

Mijn moeder pakt haar hele leven in en sterft zoals ze heeft geleefd: zonder iemand nog tot last te zijn. Ze is gewoon gestopt met ademen tijdens haar ochtendtoilet. Het is een veel te hete zomerdag, ze had geen zin meer in verhuizen.

'Ze heeft niet afgezien, dat is het voornaamste,' vindt de dokter bij zijn laatste huisbezoek. 'Ze had geen goesting meer in het leven, dokter,' antwoord ik.

'Ze hebben nog een paar schone jaren gehad, René.'

Als iemand dat mag zeggen is hij het wel, en ik geef hem graag gelijk.

Dokter Verdonck is oud en kent mij goed genoeg om verder niets te zeggen. Hij blijft langer dan hij ooit tevoren heeft gedaan, en we drinken samen koffie.

'Het leven gaat zijn gang, René,' zegt hij bij zijn vertrek, 'we hoeven nergens spijt over te hebben.'

Ik bedank hem en neem afscheid. Ik ben een kei in afscheid nemen.

* * *

Elza is landelijk gaan wonen en is best tevreden met haar tweedehands bestaan. Ik ben alleen, of toch bijna.

Joke is er nog, en ze is gaandeweg weer het liefste wat ik heb. Voor mij bestaat de wereld alleen nog aan de buitenkant. Ik leef ernaast, niet erin. In de bizarre ogen van Johanna leef ik een parallel bestaan. Ik vraag niet liever dan in tweezaamheid met haar de herfst en winter van mijn leven te beleven. Ik denk zelfs dat ik af en toe gelukkig ben.

Het kerkhof heeft mij altijd veel te bieden, en ik ben nog altijd graag alleen. Alleen de voddenraper heeft mij nog aangeraakt. Hij is in vele opzichten mijn spiegelbeeld. In de nieuwe start die ik hem help maken, heb ik nooit zin gehad. Maar ik bewonder wel zijn moed om, op het puin van het verleden, een nieuw begin te maken.

En dan springt Joke voor de trein. En er is Gert, de jongste van de voddenraper. Hij staat model voor waar het allemaal om gaat. Voor mij en voor de voddenraper. Ik heb, in zekere zin, de bommen minder ongeschonden overleefd dan hij.

En wanneer de uitvaartdienst ten einde loopt, begint de baby van de voddenraper en zijn tweede vrouw te wenen. Ik zie ze snel naar buiten glippen.

'In paradisum deducant te angeli.'

36

Bertje, ik heb met je geleefd zonder je echt te kennen. Je bent als een keitje uit een stapel stenen gelicht, en alles is dooreen gerold. En precies zo heb jij je rol gespeeld.

In ons huis woont nu een man, die we de voddenraper noemen.

Niets heeft hem belet om door te gaan, al moest hij herbeginnen, en al is zijn huis niet volgens plan gebouwd. En ik hoop dat heel misschien, ook dankzij jou, een aantal steentjes op de nieuwe fundamenten zijn gelegd waarop een nieuwe toekomst wordt gebouwd. Tenslotte hebben we het verleden alleen in bruikleen van de toekomst.

Anders dan je vader is de voddenraper niet te beroerd geweest om zijn plannen te hertekenen. Ik heb de fout gemaakt om te denken dat de kansen die we krijgen en onze goede wil een belofte inhouden, en dat het onrecht is als die verbroken wordt. Ik ben koppig aan de zijlijn blijven staan, als een kind dat niet meer mee wil spelen. Ik heb me vastgeklampt aan elk restant van het geluk waarop ik recht meende te hebben. Ik ben opzij gegaan, en de voddenraper is in onze plaats gekomen. En zo is elke fout het waard geweest gemaakt te worden.

Je moeder was een mooie vrouw, zoals je grootvader zei. En ze is mooi geweest tot op het einde. Zij heeft met de scherven van haar geest een mooi mozaïek gemaakt. Die schoonheid had ik niet gekozen, maar ze is het waard geweest om te bestaan. Het spijt me niet dat ik haar trouw gebleven ben.

* * *

De voddenraper, daar wil ik het over hebben. Hij is een overmoedig man. Het is niet eerlijk dat hij opgezadeld is met veel te veel van dat waar het mij aan heeft ontbroken. Wat heeft hem bezield om altijd door te blijven gaan? Ik denk dat het dezelfde kwaadheid was die mij heeft doen besluiten om mijn nieuw bestaan een hak te zetten. Zijn wraak nam andere vormen aan. Hij wilde geen medelijden. Desnoods zou hij doorgaan zonder rechtvaardigheid. Is hij daarin te ver gegaan? Heeft hij zijn kinderen te kort gedaan?

De voddenraper had allicht zijn redenen. Al heeft hij ook hij zijn puzzel blind gelegd. Hij heeft geleefd, dat is zijn grootste schuld.

En zo heeft hij, zonder het zelf te weten, een belangrijke vraag gesteld aan alle overlevers, zoals ik. Zijn ons zelfbeklag en onze zogenaamde trouw aan vroeger niet een schaamlap voor gebrek aan moed?

* * *

En toch heb ik vertrouwen dat het zo heeft moeten zijn. Hoe kan ik anders mijn bestaan rechtvaardigen? Ik heb in Mortsel een hele generatie begraven, dat moest tenslotte iemand doen. Ik ben bewonderd, en als ik morgen afscheid neem, zullen mijn jaren als trouwe grafdelver gevierd worden. Soms heb ik genoten van mijn eenzaamheid, en soms heb ik dat met je moeder gedeeld. Jarenlang was dat genoeg om voor te leven, en toen zij er niet meer was, kwamen de voddenraper en zijn zoon.

Zij hebben me gedwongen om meer te blijven doen dan werken, ademen en eten. Door hen begon ik op café te gaan en had ik weer een doel om uit mijn huis te komen. Maar dat weet je al.

'Als je iets nalaat voor het nageslacht, dan heb je goed geleefd.'

Het is een eeuwenoud gezegde dat mij te binnen schiet. Zie jij het ook zo, Bertje? Is dat jouw antwoord op mijn vragen en mijn twijfels? Als ik dan toch mag kiezen, neem ik aan van wel, omdat dat zoveel deugd zou doen.

* * *

Ik sluit mijn ogen, en ik implodeer opnieuw. Het licht wenkt in de verte, en al het andere is weer zwart. Ik moet mijn tunnel door, en ik ben niet alleen. Maar ik mag niet naar de overkant. Het is te vroeg.

Het is hier goed, desnoods wil ik wel blijven. Maar hier is nergens. Het is slechts tussen dood en leven, en blijven is onmogelijk. Ik moet terug om dingen af te maken.

Wat heb ik af te maken, wil ik weten.

Had ik niet beloofd om nog iets na te laten van wat ik van mijn pa gekregen heb?

Hij heeft gezegd dat ik er mijn plan maar mee moest trekken. Toen hij gestorven is, had ik geen idee wat dat kon betekenen. Nu heeft de voddenraper mij een antwoord op die vraag gegeven. De voddenraper en vooral zijn zoon hebben een toekomst, en het is mijn lot om die te steunen.

En Bert dan?

Hij is alleen wat hij al veel te lang geweest is: de gids van al mijn denken, mijn doen en laten. We zouden beter afscheid nemen.

Voor even toch. Dan kom ik terug. Ik brand vanbinnen. Ik heb nooit vuriger naar iets verlangd. Maar ik weet dat ik nooit kan terugvinden wat niet heeft mogen zijn. Hij is nooit de jongeman geworden, in wie ik mijn gids wou zien.

37

Even zie ik nog mijn vader knikken. En zo verzoen ik me met hem.

Dit had ik nodig om rust te brengen, waar alleen berusting was. We zijn het eens, en hij houdt wel van de kleinzoon die ik me voor hem verbeeld. De kracht van de innerlijke orkaan is afgenomen tot een briesje. Net genoeg om veilig aan te meren.

Het is het laatste wat ik opgesloten in mezelf beleef. De fluittoon die ik hoor is echt, ik ben weer buiten de grenzen van mijn huid en mijn geschiedenis. Ik ben niet langer suf en aangenaam verdoofd. Het zweven maakt me duizelig. Alles doet pijn. Ik voel me misselijk. Mijn schedel heeft nog nooit zozeer op scherp gestaan. Mijn hersenen zijn veel te groot, mijn slapen drukken op mijn ogen. Elke lichtstraal is een scherpe speer, de prikkels stormen op me af.

Het koude water uit de douchekop brengt mij weer tot leven. Ik ben niet meer verlamd, en toch kan ik me nauwelijks bewegen. Ik voel me ziek en dodelijk vermoeid. Ik kan niet blijven liggen. Gelukkig is het toilet vlakbij. Het lijkt wel of ik, samen met mijn karige avondmaal, al mijn organen overgeef. Met mijn laatste krachten open ik het dakraam boven de wc-pot, en ga uitgeput en zwetend liggen op het matje naast het bad. Mijn hart klopt als een basdrum in mijn borst. Het duurt een tijdje voor de frisse buitenlucht me voldoende opgeknapt heeft om weer op te staan. Ik ril en neem mijn kamerjas. Ik ga zitten op de rand van het bad en trek de stop eruit. Het water is volledig afgekoeld. Ik spoel het bad, dat doe ik meestal met een hete straal. Het water blijft ijskoud, de boiler weigert aan te slaan. Pas nu merk ik wat er gebeurd is: de waakvlam is gedoofd, er is geen gas meer in de fles. Het toeval speelt zijn grillig spel.

* * *

Ik wankel naar mijn kamer en ga liggen op het bed. Alles wat gebeurd is, dringt slechts in flarden tot me door. Ik dwing mijn overspannen hersenen om het te begrijpen. Het graf van de voddenraper, daar is het mee begonnen. Het moet mijn laatste worden, en het is, na vijfenveertig jaar, het eerste dat mij zo beroert. Ik zou naar zijn begrafenis gaan. Een zoveelste begrafenis, eentje in extra time. Daarna is het gedaan. Ik wil alleen nog sporen achterlaten. Voor ik voor altijd tot het verleden ga behoren, wil ik een duwtje geven aan de toekomst. De voddenraper is dood. Drie dagen geleden is hij gestorven, en ik heb zijn graf gemaakt. Zijn zoon is komen kijken en hij heeft met mij gepraat. Het ging vanzelf. Soms komen de woorden zonder moeite. Dan weet ik dat alles samenspant en zie ik duidelijk wat moet gebeuren. De toekomst, dat is deze jongen.

Mijn hoofd is nog niet in staat om veel te denken. Het staat op springen en mijn mond is droog. Waar is het nummer van dokter Verdonck? Ik vind het in mijn oude telefoonboekje: vergeelde blaadjes, die met tape en nietjes aan elkaar hangen. De nummers in dit boekje missen soms een cijfer, en zijn soms drie keer aangepast.

'*Le numéro que vous avez...*'

Ik haak weer in. Het nummer van onze dokter is al vele jaren niet meer in gebruik.

En dan, ik heb geen flauw idee waarom, draai ik een nummer dat ik gisteren nog heb aangepast. Het nummer dat ik onderaan dezelfde, overvolle bladzijde gekriebeld heb, naast een vreemde naam: de voddenraper.

* * *

'Met Gert.'

Op school, bij meester Gusta, heb ik geleerd om eerst 'hallo' te zeggen, en dan 'u spreekt met René Sestig.' Misschien is het op de avond voor de uitvaart van je vader wel niet onbeleefd om kort te zijn. Als dit zijn ware aard is, dan is de jongste van de voddenraper zijn tijd vooruit. Ik hou het bij wat ik al mijn hele leven doe.

'Goedenavond.'

Is het niet veel te laat om nog te bellen? Gelukkig staat de klok nog maar op kwart over zeven. Een leven als het mijne kan je in ijltempo herbeleven.

'U spreekt met René, de grafdelver. Ik ben vanmiddag nog bij u geweest.'

'Mmm,' antwoordt hij, en laat een stilte vallen.

Ik ben soms veel te impulsief, en ik doe ongepaste dingen. Ik weet niet eens waarvoor ik precies bel.

'Wie is het,' fluistert zijn moeder veel te luid, 'vraag toch waarvoor het is.'

'Ik ben nog een detail vergeten,' zeg ik, 'maar het is niet belangrijk. Het gaat over de rustplaats van je vader. Maar misschien zijn er nu andere dingen...'

'Alles is geregeld, en mijn moeder is er ook nog. Ik kom.'

38

Elke beweging is een gevecht met mezelf en mijn vermoeide spieren. Ik kleed me langzaam aan. Ik heb maar net voldoende tijd. Mijn hoofd knelt pijnlijk rond mijn hersenpan.

Gert komt onmiddellijk.

'Hopelijk kan ik u helpen,' zegt hij, 'mijn moeder blijft liever bij de telefoon.'

'Dat begrijp ik,' zeg ik.

Het is een leugen. Ik vluchtte liever toen mijn vader stierf, en bij Joke en mijn moeder is het ook zo gegaan. Maar ik ben suf en handel impulsief. Ik ben nog op de terugweg van een andere planeet.

'En mijn broer woont niet meer thuis,' legt Gert uit.

Het klinkt als een verontschuldiging. Hij is de jongste van de voddenraper, de snotneus, en hij denkt dat hij zich moet verantwoorden voor zijn komst. Hij weet niet dat hij als geroepen komt, en ik kan het hem niet zeggen. Ik heb een smoes bedacht, die even wankel is als ik me voel.

Ik vraag hem of hij koffie wil. Hij vindt het daar te laat voor.

Een biertje wil hij. Ik drink mee, we gaan in de woonkamer zitten. Hij draagt een jeans en een wit hemd, geen das. In zijn gezelschap voel ik me weer ontspannen. Hij is niet nieuwsgierig en geeft me tijd om na te denken. Geen van ons heeft haast.

Bij het tweede glas vind ik de moed om hem mijn vraag te stellen: of hij niet aan een grafkelder gedacht heeft. Ik weet dat het nonsens is, een grafdelver bemoeit zich niet met de bestelling van een graf. En voor de voddenraper is het te laat. Ik ben blij dat hij gelooft dat dit een reden is om hem te laten komen. Als ik maar de kans krijg om te zeggen wat ik echt te zeggen heb.

'Een grafkelder?' vraagt hij. 'Wij zijn niet zo'n familie, dat heb ik ook aan de man van de begrafenis gezegd.'

'Ik raad het je niet aan, het is alleen mijn plicht het nog eens na te vragen,' lieg ik opgelucht.

Tot mijn ontzetting vindt hij wel dat zijn moeder bijgezet moet kunnen worden.

'Dat kan,' zeg ik, 'maar daarvoor moet ik dieper graven.'

Natuurlijk slaat dit nergens op. Een graf voor twee is net zo goed een kelder. Ik kan alleen nog eerlijk zijn. Hij zal er ooit wel achter komen.

'Waarschijnlijk heeft je moeder voor een graf apart gekozen. Anders is er een betonconstructie nodig.'

'Dan had het weinig zin om me te laten komen.'

'Toch wel,' zeg ik, 'er is een hele goede reden om te praten.'

Hij wordt niet boos. Ik vraag me dankbaar af waarom, want ik ben door de mand gevallen, en ik heb me aangesteld.

Het visitekaartje van de bank, dat ik van mijn vader heb gekregen, ligt bij de bruine enveloppe die ik voor hem heb klaargelegd.

'Je doet me aan Bertje denken,' zeg ik.

Hij is niet verrast.

'Je hebt me over hem verteld, op het kerkhof, aan de zuil waarin zijn naam staat.'

'Ik heb over mezelf verteld, en jij over je vader. Over alles wat voorbij is. Maar we moeten ook eens aan de toekomst denken, Gert. Ik wil je graag een beetje leren kennen, want er is iets dat ik je wil zeggen.'

'Waarover gaat het dan?'

'Vertrouw mij, Gert, ik heb een goede reden, dat heb ik al gezegd. Als je straks weer thuis bent, zal je me gelijk geven. Maar ik weet niet goed waar ik moet beginnen.'

'Soms is een grote omweg nog de kortste weg.'

Ik ben niet goed meer in vertellen. Ik heb het afgeleerd sinds ik Joke heb verloren. Maar dat hoeft hij niet te weten. Het zou te ingewikkeld worden.

'Wil jij beginnen? Ik zou je echt een beetje willen kennen.'

39

'Ik weet niet wat je van mij verwacht, René. Ik heb niet veel speciaals gedaan.'

Over het voddenrapen en het huis wil hij het niet meer hebben. Ik vraag hem wat hij zoal doet, en hij vertelt dat hij gewoon zijn middelbare school wil afmaken. Daar is hij straks mee klaar, en daarna weet hij het niet meer.

Iets afmaken en verder doen zijn heel speciale dingen. Die wijsheid houd ik voor mezelf. Er staan steeds meer vragen in zijn ogen, en ik wil dat hij vertelt. Ik vraag de dingen die een vader vraagt, en ik vraag of hij nog met zijn vader heeft gesproken over later, of hij hem raad gegeven heeft. Maar de voddenraper praatte zelden, en als hij het deed was dat met weinig woorden. Hij zweeg als hij niets te zeggen had.

Hij begreep niet waar het goed voor was Latijn te leren, als je geen pastoor wil worden. Met een eigen zaak beginnen, zoals zijn oudste zoon ten slotte deed, dat begreep hij wel. Dat vond hij schitterend.

Ik vertel hem wat mijn eigen vader vond van hard werken, geld verdienen en van bakker worden. Ik vertel hem van de apotheker om wat tegenwicht te bieden. We maken er ons samen vrolijk om. En als het over mijn bakkersloopbaan gaat, wordt het even snel weer pure ernst.

'Mijn vader was mijn grote kameraad,' zeg ik, 'zolang ik bakker was.'

Gert schuift naar het puntje van zijn stoel, en buigt zich naar mij toe. Hij steunt met zijn ellebogen op zijn knieën.

'Wat is er dan misgegaan?'

'Het was oorlog.' Meer wil ik eigenlijk niet zeggen.

'Het bombardement,' zegt hij, 'u hebt me al verteld over uw zoontje.'

Verhalen, echte verhalen vindt hij nooit vervelend. Zijn hele houding vraagt me naar de rest van de geschiedenis. Luisteren lukt hem beter dan vertellen.

'De bakkerij is ook geraakt,' zeg ik snel, 'de bakker is erin gebleven.'

Zijn fascinatie stoort me niet, zelfs niet zijn gretigheid. Wat ik vertel over de plaats waar hij geboren is raakt hem, veel meer dan films en nieuwsberichten.

'Misschien moet jij wel geschiedenis gaan studeren,' zeg ik. Over mijn oorlog hebben we het genoeg gehad.

'Op school hebben ze daar ook al van gesproken,' antwoordt hij.

'Ik vraag me dikwijls af wat Bertje zou geworden zijn.' Ik had het liever niet gezegd, maar woorden leiden soms een eigen leven.

'Dat begrijp ik, maar het heeft geen zin. Dat hangt van zoveel dingen af die nooit gebeurd zijn.'

Zijn antwoord moet bezinken. In mijn hoofd en in mijn hart is er niets dat nooit gebeurd is. Pas nu ik oud word, heb ik door hoezeer ik al mijn dromen en gedachten heb beleefd. Ik had niet over Bertje moeten spreken.

'Heb je dan echt nog geen idee over je toekomst?'

'Waarom vraagt iedereen daar altijd naar?' zegt hij. 'Al wat ik weet is dat ik graag boeken lees, en ik ben niet slecht in talen. De rest zullen we wel zien.'

'Als je jong bent, heb je nog alle tijd om af te wachten.'

Help, ik ben echt een oude man.

'Maar u bent grafdelver geworden?' vraagt Gert.

Dat is zo, en ik tracht hem te vertellen dat het gewoon gebeurd is, en dat ik het liet gebeuren. Ik was veel te kwaad en bang om me nog aan het leven te verbranden.

Hij laat me zulke dingen zeggen zonder dat hij uitleg vraagt. Daarom ben ik in staat om langzaam duidelijk te worden. Ik voel dat hij mij begrijpt, of dat het ooit zal komen.

'Je vader heeft het anders aangepakt,' besluit ik. 'Ik heb gedaan wat nodig was, en ik heb de tijd laten voorbij gaan. Ik heb veel goed te maken.'

'U hebt niemand kwaad gedaan.'

'Toch wel,' zeg ik, 'ik ben geen goede zoon geweest.'

* * *

Het kost me even moeite, maar ik waag nu spontaan de sprong. Ik vertel over mijn onmacht en mijn falen in de ogen van mijn vader. Ik vertel over zijn erfenis, en over mijn opdracht om er iets mee te doen. Het lukt. Ik vind het onbegrijpelijk. Gert blijft luisteren, zonder alles wat hij denkt te willen zeggen. Zijn ernst is geen naïviteit. Zijn zwijgen is oprecht. Ik merk aan alles dat hij weet waarover ik het heb. Ik zie het eigenlijk aan niets, want door niet te reageren blijft hij zeer ontvankelijk. Ik vertel dingen waar ik nooit eerder iets over heb kunnen zeggen, en ik herinner mij details, waarvan ik dacht dat ik ze vergeten was. Over zonen en vaders, buren, helpen, wanhoop en kapotte huizen. Over het leven en de liefde, ook de zijne. Over het meisje uit zijn straat, over Elza, Jean en mijn Johanna. Over zijn broer en over zijn meester, die, net als ik, in drieënveertig al volwassen was. Over onze moeders.

Nooit gaat hij aan de haal met mijn verhaal. Alles wat hij vertelt, helpt me om door te gaan en zegt me dat hij mij begrijpt.

En dan volgt de bevrijding. Zelfs als het gaat over wat niet gezegd kan worden.

Ik mag mijn krantenknipsels tonen. Ze tonen de leugens en het zwijgen over de gruwelijke fouten van de bondgenoten. Ik mag erover klagen. Zijn oordeel staat nooit op voorhand vast. Hij blijft oprecht geboeid.

En hij bedankt me, net als ik me schaam om zoveel volgehouden aandacht. En toch heb ik hem naar hier gelokt om meer te geven.

'Je moet me niet bedanken. Je vader wordt morgen begraven, en jij zit hier naar mij te luisteren.'

'Ik wou dat ik met hem zo goed had kunnen praten.'

Ik zeg hem dat niet iedereen op elk moment een goede prater is, maar dat hij ongetwijfeld andere dingen te bieden had.

'Mijn vader heeft zijn best gedaan. Hij heeft zijn best gedaan om veel te geven, maar het waren dingen waar ik nooit om gevraagd zou hebben.'

Eindelijk is mijn doel bereikt. Ik geef de bruine enveloppe, en zeg dat hij die pas thuis mag openmaken. Dit hele schimmenspel, dit schaduwboksen: het had alleen tot doel om dit te kunnen geven.

'Als je er maar iets moois van maakt,' zeg ik, 'dan is het allemaal de moeite waard geweest.'

Ik scheur het kaartje van de bank, dat vader mij gegeven heeft. Ik heb mijn plicht gedaan.

Hij snapt niet veel van mijn gebaar. Alleen dat het een punt zet achter veel, en dat we het vanavond hierbij moeten laten.

'Tot morgen, René. Het wordt een drukke dag.'

'Zeker voor jou.'

De stok is doorgegeven. Mijn rol is uitgespeeld. Het leven houdt niet van de kortste weg. Alles is verkeerd gelopen, maar het is goed gekomen.

40 | Het graf

Ik slaap onrustig. Ik droom over Bertje. Ik loop opnieuw door de straat met mijn zoon in de armen. Hij is oud geworden maar nog altijd even klein. Hij praat over een dorp, over Temse. Daar wil Bertje liggen, bij zijn moeke. Johanna vindt het goed.

'Op den buiten is 't gezond, dat zal goed zijn voor ons engeltje.'

Johanna vraagt aan de voddenraper of hij goed voor ons Bertje zal zorgen. Zijn zoon zegt dat het goed is.

'Kijk René,' zegt Johanna, 'kijk toch hoe knap ons Gertje geworden is.'

'Ik ben niet trots,' antwoordt Gert, voor hij verdwijnt: in een vuilbak. Ik draag hem binnen, in een huis zonder gevel. Elvire van de overkant knikt vriendelijk. Het puin ligt op straat, stof dwarrelt langzaam op ons hoofd. De lucht in het huis is geel en grijs. 'Pas op, het is nog niet gedaan,' zegt een burgerwachter. Ik haast mij naar de bakkerij, ik struikel over het lijk van de voddenraper en beland onder een trein.

* * *

Ik zit rechtop in bed. Alleen, in het midden van ons stokoud tweepersoonsbed. Klaarwakker.

Het is vijf uur, mijn laatste werkdag. Ik sta op en kleed me aan. Ik kan niet wachten om eraan te beginnen. Morgen delf ik geen graven meer. Er zijn nog zoveel andere dingen die ik te doen heb. Eerst en vooral ga ik de laatste plinten aan de muur zetten in het huis van de voddenraper. Ik wil vandaag nog vragen of zijn zoon het goed vindt.

Dan gaan we samen naar het kerkhof van Temse. 'Allez vooruit,' zal ik daar zeggen, maar ook nog zo veel meer. Ik zal de rol van de voddenraper op me nemen, en vertellen wat ik door zijn ogen meen te zien. Als er geen waarom is, dan maken we er wel een, en het zal een mooie zijn.

Ik sta op en maak ontbijt. Ik ben ze beu: de boterhammen met confituur, gedoopt in zwarte koffie. Gisteren heb ik cornflakes gekocht. Als dat me niet bevalt, probeer ik muesli, of toast met muizenstrontjes. Er is nog zoveel nieuws om te proberen en de tijd wordt kort. Ik heb het leven in te halen.

Epiloog

De voddenraper wordt vandaag begraven, en zijn graf is ingestort. De nieuwe grafdelver van Mortsel moet het graf opnieuw in orde krijgen, voor het einde van de begrafenismis. Hij snapt niet wat er kan gebeurd zijn. De betonnen platen, aan het voeteneinde van het graf, zijn volkomen nutteloos. Er was helemaal geen grafkelder besteld. Een kolom van vijftien decimeter moet hij graven.

Dan vindt hij zijn voorganger in het verkeerde graf. Het graf van de voddenraper. Zijn laatste blunder is René fataal geworden. Het weer is opgeklaard, het zand is droog en korrelig geworden. Heeft hij de barsten in de zandberg dan niet gezien? Op twee zeilen lag het zand hoog en zwaar opgestapeld, aan de randen van zijn graf. Te hoog, te zwaar, te dicht, want zand dat droog wordt, kan gaan schuiven. Dat had hij moeten weten. Als iemand het had moeten weten, was het wel René.

* * *

De zoon van de voddenraper verdwijnt na de begrafenis uit Mortsel. Als hij vele jaren later terugkomt uit het buitenland is deze plek de eerste die hij bezoekt. Hij vertelt zijn vader wat hij is geworden: kenner van De Groote Oorlog.

Dan komt hij thuis. Zijn moeder heeft net een beroerte over-leefd. Ze ligt in het ziekenhuis te wachten tot er ergens plaats gevonden wordt in een tehuis. Het huis moet worden leegge-maakt. Een onbegonnen werk.

Het is al bijna middag als hij iets heel bijzonders vindt: de oude, bruine enveloppe die hem uit zijn slaap gehouden heeft, de avond voor zijn vader is begraven.

De avond voor de begrafenis hebben ze zeer lang gepraat. De grafdelver had hem met een doorzichtige smoes naar zijn huis gelokt. Hij begon te vertellen over drieënveertig en het bom-bardement. Zijn zoontje was erin gebleven.

Hij wilde met Gert ook over later praten, maar daar had hij grote moeite mee: oude mensen hebben enkel haast als het over de toekomst gaat. Gert wilde daar toen niet te lang bij stilstaan. Hij zou wel zien, het was zijn toekomst, en die was van hem alleen. Waarover niets te zeggen valt, daarover moet je zwijgen, vond hij toen.

Toen begon de grafdelver opnieuw te praten. Over het le-ven in en na de oorlog. Over echte mensen, over leven, wer-ken, hopen, houden van in oorlogstijd. En vreemd genoeg had-den ze het toen plots over hen beiden. Ook over Gert, en over wat hem bezig hield. Het greep hem bij momenten aan.

En op het einde haalde René, de grafdelver, die bruine en-veloppe boven. Die mocht Gert pas openmaken als hij thuis was.

Die avond is onder de huid van Gert gekropen, en daar, op zijn naakte ziel, heeft het iets wakker gemaakt dat er al langer lag te sluimeren. Zijn voorstellingsvermogen had al eerder gaatjes naar zijn hart geboord. De verhalen van deze gemeente hebben in gang gezet wat hij met glans geworden is: een man met hart voor het verleden.

* * *

De uitvaart van zijn vader zou hij dwaas en gelaten ondergaan. Een andere optie was er niet. Maar die enveloppe heeft hem die dag uit bed gejaagd. Voor dag en dauw.

Eerst zag hij alleen een briefje. René moet ook niet overdrijven, had hij eerst gedacht. Hij had nu wel genoeg gepraat.

* * *

Gert neemt een slokje van de veel te zoete porto die zijn moeder altijd dronk, gaat zitten op een oude teakstoel in de tuin, en herleest de brief.

* * *

René schreef dat hij het graf moest afwerken, in alle vroegte, en volledig volgens de wensen van de nabestaanden. Daar was hij inderdaad lang niet mee klaar. En hij was er ook niet bij met zijn gedachten. Dat zag een blinde.

'Ik wil het over je toekomst hebben,' staat er.

Of over zijn verleden, bedenkt Gert. Voor hem was dat hetzelfde. Hij leefde met zijn doden. Dat wist hij zelf maar al te goed. En ook dat er veel misverstanden zijn geweest. 'Iedereen heeft het altijd goed bedoeld,' schrijft hij. Gert is daar niet van overtuigd.

Maar als hij 'alles in de enveloppe' zou aannemen, dan zou er niets voor niets gebeurd zijn, en zou hij nergens spijt over moeten hebben.

Gert ziet nog zo hoe hij toen de enveloppe uit de vuilbak viste. Met de gekreukte cheque erin. Hij duizelde toen hij de som las. Maar het was niet meer dan wat een vader heel zijn leven voor zijn zoon opzij kan leggen, de opbrengst van een half mensenleven.

* * *

'De belegging is net afgelopen,' schrijft René, 'dat kan geen toeval zijn. In elk geval ben ik blij dat ik er van af ben. Wat zou ik er nog mee moeten doen? Het is een last geweest sinds ik het van mijn vader heb gekregen, en meer nog sinds hij doodgegaan is van verdriet. Intussen heeft de tijd zijn werk gedaan.'

René zegt dat hij erop vertrouwt dat Gert er mooie dingen mee zal doen.

'Bakker hoef je niet te worden, al is het niet verkeerd als dat je droom zou zijn. Zorg vooral dat je gelooft in alles wat je doet. Je hebt de tijd en de ideeën. Je zult er niet voor moeten voddenrapen.'

* * *

Oude mensen zijn soms kinderlijk naïef.

Gert loopt al heel zijn leven op de toppen van zijn tenen. Vroeg of laat heeft iedereen dat door, denkt hij. Alleen die grafdelver had het niet in de gaten.

Maar op een monsterlijke berg vergissingen heeft hij toch maar mooi een toekomst opgebouwd, en zolang het duurt, wil hij ervan genieten.

Hij voelt zich alsmaar kleiner bij het lezen van die brief. Dat was vroeger ook al zo, voor hij hem hier achterliet. Niets is volgens plan gelopen. Het leven is een lepe tegenspeler. Waarom zou het in zijn eigen leven anders gaan?

Maar de beste plannen maak je onderweg. Dat heeft tenslotte ook René gedaan. Gert weet alleen dat hij de bokkensprongen en de gekke dromen van zijn vader wil vermijden. Bij hem zal het anders gaan. En toch is hij niet minder vastberaden dan Omer, de voddenman van Mortsel. Het voddenrapen en het plichtsbesef hebben wel iets met hem gedaan. Al is hij er nog zo razend om geweest. Als het geluk je eindbestemming is, dan hoef je je niet op te jagen. Hij is misschien wel een verdwaalde geest, maar dankzij René de grafdelver kon hij ontsnappen uit het leven dat hem opgedrongen was. Daarom heeft hij het toen ook, rillerig maar vastberaden, aangenomen.

* * *

'Ik denk dat ik nu alles heb gezegd. Nu ik weet wat ik met dat stomme geld moet doen, voel ik hoe moe ik ben. Het is tijd om uit te rusten. Wat is dat lang geleden! Morgen moet ik vroeg uit bed voor mijn laatste grote klus. Het zal wel lukken, want het is echt de laatste keer.

Tot morgen, op de begrafenis.'

* * *

Zo eindigt de brief.

Gert had op de dag van de begrafenis nog net tijd genoeg om naar de bank op het Gemeenteplein te gaan. De straten en de huizen baden op zulke dagen in de kleur van hun geschiedenis.

De begrafenis begon een uurtje later. De grafdelver was er niet bij.

Dankwoord

Een boek wordt geboren in het hoofd van zijn auteur.

Een boek rijpt in de ziel de auteur.

Maar niet zonder dat de kiemen er geplant zijn en voldoende licht en zuurstof krijgen om langzaam tot volle bloei te komen.

De kiemen voor dit boek zijn geplant door kleuterjuffen, onderwijzers en getuigen die ik in Mortsel heb gekend. Door mijn ouders en de gebeurtenissen van een bijzondere jeugd. Maar vooral door de ouders van het echte 'Bertje', die onze buren waren in de Edegemsestraat. Alsof het zo moest zijn, heb ik hun naam onthouden tot ik ze een leven had geschreven in 'Het graf van de voddenraper'. Dan stelde ik vast dat hij voorgoed verdwenen was, die naam die ik 47 jaar lang met liefde had bewaard.

De zuurstof kreeg ik van Kathleen, die van bij mijn eerste schuchtere zinnen, bleef geloven in het boek dat er zou komen. Eindeloos las ze flarden tekst en verdroeg ze mijn frustratie als het weer niet helemaal goed zat.

Dat deed ook mijn uitgever. Dat kritiek kan stimuleren en uitdagen heb ik ruim mogen ervaren. Dat is een kunst.

De voddenraper en René zouden echter nooit zo mooi van

een geschiedenis voorzien zijn, zonder 'Tranen over Mortsel', het boek dat net op tijd mijn kant op kwam. Ik kan Pieter Serrien, historicus en auteur van dit schitterende werk, dan ook niet uitdrukkelijk genoeg bedanken voor het voedsel dat hij mijn boek gegeven heeft. Pieter is als geschiedkundige gespecialiseerd in mondelinge geschiedenis en verbonden aan 'Geheugen Collectief', een historisch onderzoeksbureau. Ik kan hem enkel het succes toewensen dat hem toekomt. Hij stond immers model voor hoe ik het Gert graag heb willen zien vergaan:

'Zijn voorstellingsvermogen had al eerder gaatjes naar zijn hart geboord. En de verhalen van deze gemeente, die zoveel te vertellen heeft, hebben in hem in gang gezet wat hij met glans geworden is: een geschiedkundige met hart voor het verleden.'

Bart Vercauteren